Ingeborg Rotach • Die Kusslinkshänderin

OMNIBUS

Foto: © privat

DIE AUTORIN

Ingeborg Rotach arbeitet als Bibliothekarin in Zürich, ist verheiratet, hat zwei erwachsene Kinder – eine Tochter und einen Sohn. Sie schreibt Kinder- und Jugendbücher und veröffentlicht zudem Buchbesprechungen und andere Artikel in verschiedenen Zeitschriften und Zeitungen. 1988 wurde sie mit dem Schweizer Jugendbuchpreis ausgezeichnet.

Ingeborg Rotach

Die Kusslinks-händerin

OMNIBUS

OMNIBUS

Band 20343

Der Taschenbuchverlag
für Kinder und Jugendliche
von Bertelsmann

Umwelthinweis:
Dieses Buch wurde auf chlorfrei gebleichtem Papier gedruckt.

Genehmigte Taschenbuchausgabe Januar 1999
Gesetzt nach den Regeln der Rechtschreibreform

Umschlagbild: Martin Baltscheit
Umschlagkonzeption: Klaus Renner
NB · Herstellung: Stefan Hansen
Satz: Uhl + Massopust, Aalen
Druck: Presse-Druck Augsburg
ISBN 3-570-20343-3
Printed in Germany

10 9 8 7 6 5 4 3 2 1

Inhalt

Tränentag

Gestern ist Chris abgereist. Bis zuletzt hatte ich gehofft, dass etwas dazwischenkäme, ein Stau, ein Streik der Piloten, der Fluglotsen oder von sonst jemandem. Aber niemand streikte und Chris ist abgereist.

Heute, Samstag, bin ich nicht zur Schule gegangen. Es wäre mir völlig unmöglich, ins Klassenzimmer zu treten, mich an meinen Platz zu setzen und zuzuhören, wie man über den Mufti lästert, in das Geschrei einzutauchen, in das Gelächter, Isas spitze Bemerkungen zu ertragen und Erics geistreiche Phrasen. Nicht einmal Bea möchte ich jetzt sehen, nein, niemanden, keine Menschenseele.

Ich bin heute Morgen zur gewohnten Zeit aufgestanden; die Eltern schliefen noch, aber Tante Ellen hatte es sich nicht nehmen lassen, mir beim Frühstück Gesellschaft zu leisten. Ich habe ihr vom Konzert am Sonntag erzählt und auch dass der alte Eckert sicher auf einer unendlich langen Chorprobe bestehen werde. Damit habe ich mir den Freiraum für einen Tag, einen Tränentag, erkauft.

Dann bin ich mit dem Rad losgefahren, nicht zum Bahnhof natürlich, sondern aus dem Städtchen hinaus, seeaufwärts. Zuerst durch diese grässlichen Vorstadtquartiere mit den zartrosa, zartgrünen und zartgelben Wohnblöcken, die so locker dastehen, als seien sie jemandem zufällig aus der Hand gerutscht.

Dann verfuhr ich mich ein wenig, die Straße endete in einem Fabrikhof und ich musste wieder zurück und fand erst nach einigen Umwegen den schmalen Seeweg, der um diese Zeit immer leer und verlassen ist.

Ein schwarzer Hund begleitete mich ein Stück, als gehörte er zu mir. Ich erzählte ihm, dass Chris abgereist sei und ich nicht wisse, wohin mit mir. Als er stehen blieb, setzte ich mich neben ihn, streichelte ihn und weinte ein wenig. Ich gab ihm ein Stück vom Brot und von der Schokolade, um ihn zum Mitgehen zu überreden. Aber er wollte nicht, wedelte nur freundlich zum Abschied und sah mir lange nach.

Ich fuhr allein weiter durch den frostigen Morgen, den spiegelglatten, dampfenden See entlang und versuchte Chris herzuzwingen; aber das gelang mir nicht, auch nicht, ihn zu finden in seiner mir fremden Amerikanerwelt.

Bei der nächsten Bank hielt ich an, lehnte das Rad an einen Baum, setzte mich und sah einem Schwanenpaar zu, das etwas von meinem Brot abbekommen wollte, und als nichts mehr zu holen war, weiterglitt und im Schilf verschwand.

Die Marotte, der Tick, die fixe Idee

Vor langer Zeit, vor mindestens hundert Jahren, hat alles angefangen. Damals war ich knapp vierzehn. Jetzt bin ich fünfzehn, bald schon fünfzehneinhalb. Mir kommt es vor, als seien inzwischen Ewigkeiten vergangen, als habe sich während dieser Zeit alles verändert. Nicht nur ich bin eine andere geworden; auch Bea, Micha, die Eltern, der Mufti, alle.

Ich hatte damals die kleine Zeiss-Ikon erhalten, als Großmutters Haushalt aufgelöst wurde. Mir wäre zwar die Brosche mit dem weißen Frauenkopf, die Kamee, lieber gewesen. Sie hat mir immer besonders gut gefallen und hätte mich sicher mehr an Großmutter erinnert als die Zeiss-Ikon, die ich nie in ihrem Gebrauch gesehen habe. Doch die Brosche erhielt Cousine Sarah; während ich die Taschenkamera bekam, ein uraltes Modell, fast schon eine Antiquität, aber klein und handlich und kaum gebraucht. Außerdem hat sie eine tadellose Optik.

Für eine Anfängerin, so dachten sie wahrscheinlich, sei

das einfache Ding gerade richtig; obwohl mir ein moderner Apparat mit allen Schikanen bestimmt viel Zeit und Mühe erspart hätte; vom Geld ganz zu schweigen.

Andererseits wäre ohne die vorsintflutliche Zeiss-Ikon das Libellenbild im Badezimmer nicht entstanden und dieses Bild hat schließlich die ganze Fotografiererei ausgelöst. Ohne meine Fotografierwut hätte ich Chris im Fotogeschäft am Marktplatz nicht kennen gelernt.

Der wirkliche Anfang des Anfangs aber war meine plötzliche Veränderung. Solange ich mich erinnern konnte, hatte ich immer gleich ausgesehen. Ich hatte ein eher rundes, pausbackiges Gesicht; nichts Besonderes, nichts Auffallendes. Eines Tages fand ich dieses Gesicht nicht mehr, entdeckte dafür ein völlig anderes im Spiegel. Von da an änderte ich mich auf unbegreifliche Weise. Mein Gesicht wurde lang und schmal und eckig. Über den Augen traten die Jochbögen hervor, die es bis jetzt nicht gegeben zu haben schien. Die Nase, die klein und unbedeutend gewesen war, wurde markant. Der Hals streckte sich, wurde lang und dünn und wuchs aus schmalen, knochigen Schultern heraus. Es sah so aus, als wäre der Kopf nicht richtig festgeschraubt.

Ich verbrachte Stunden vor dem Spiegel, sah dieses fremde Gesicht an und versuchte es kennen zu lernen. Ich kämmte mich, schminkte mich mit Mutters Make-up-Zeug, lächelte mit offenem und geschlossenem Mund, krauste die Nase, hob die Augenbrauen und zog sie zusammen, schaute ernst, nachdenklich, spöttisch, grüblerisch, traurig, verschmitzt; versuchte rätselhaft auszusehen, brav, intelligent, tüchtig – doch kaum wandte ich mich für einen Augenblick ab, hatte ich das neue Gesicht vergessen. Mein Gesicht entzog sich mir auf geheimnisvolle Weise. Ich vergaß es sofort wieder. Ich vergaß, wie ich aussah, und hätte mich selbst auf der Straße wahrscheinlich nicht erkannt.

So war das, als ich damals die Zeiss-Ikon erhielt. Ich begann sofort zu fotografieren, wie besessen. Ich nahm alles auf, was mir vor die Kamera kam, das Haus, den Hund, den See, Micha und Bea. Manchmal fotografierte ich ganz Großes, das für meinen Apparat für die Optik, zu groß war; dann wieder ganz Kleines, eine Feder, ein Schneckenhaus, ein Blatt.

Onkel Theo hat mir am Anfang sehr geholfen. Er schenkte mir ein paar Glasschalen, Entwickler- und Fixierlösung und seinen uralten Kopierapparat. Er sei froh, das Zeug loszuwerden, sagte er; er habe es ohnehin seit Jahren nicht mehr benützt. Es machte ihm großen Spaß, mir das wenige, das er noch wusste, beizubringen. Viel war es leider nicht. Chris wäre da eine ganz andere Hilfe gewesen.

Onkel Theo zeigte mir vor allem, wie man mit den verschiedenen Papieren arbeitet. Vom Vergrößern verstand er wenig und es interessierte ihn auch nicht; während ich davon fasziniert war und bis an die Grenzen des noch Machbaren zu vergrößern begann. Ich holte Details heraus, die man auf den normalen Bildern gar nicht sah; alles schwarz-weiß natürlich und sehr dilettantisch.

Bei dieser anfänglichen Herumknipserei nahm ich einmal mein Spiegelbild im Badezimmer auf. Es wurde nichts daraus; man sieht nur die Zeiss-Ikon, den herausgezogenen Balg und das schwarze Rund des Objektivs, daneben mein eigenes dunkles, aufgerissenes Auge. Das Gesicht einer Libelle. Mein erstes Selbstbildnis. Ich *wollte*, ich *musste* mein Gesicht schwarz auf weiß vor mir sehen, die neue Nase, die Augen, den Mund.

Ich habe damals Bea gebeten mich zu fotografieren; und sie tat es auch, zehnmal, vielleicht zwanzigmal. Ich weiß nicht mehr wie oft. Ein paar Wochen lang spielte sie mit und war sogar begeistert davon. Dann warf sie das Handtuch. Aus und vorbei; ich konnte sie nicht mehr dazu bewegen.

»Ohne mich, Steff, ohne mich.«

Sie verstand nicht, was ich suchte, was ich damit bezweckte. Sie wollte es gar nicht verstehen. Es hätte damals fast unsere Freundschaft gekostet.

Sie fand es verrückt, krankhaft, pervers, neurotisch und wer weiß was noch alles. Und das ist es vielleicht auch. Trotzdem konnte ich es nicht lassen. Ich erklärte es ihr auf tausenderlei Arten. Ich versuchte ihr klarzumachen, wie wichtig es für mich sei, lebenswichtig. Ich bat und bettelte, schilderte meine Idee in den glühendsten Farben. Wenn wir zwei nur die nötige Geduld aufbrächten, könnte etwas Großartiges entstehen. Aus den vielen Bildern wollte ich schließlich einen Film machen über die langsame Veränderung eines Menschen. *Metamorphose* nennt man das auch. Ich hatte das Wort erst vor kurzem irgendwo gelesen und es im Lexikon nachgeschlagen. Es passt genau zu dem, was mir vorschwebt. Es passt besser als das Wort »Veränderung«. Metamorphose bedeutet Verwandlung, auch Umgestaltung.

»Hör auf damit, Steff, hör auf mit dieser idiotischen Fotografiererei. Mir leuchtet das überhaupt nicht ein, ehrlich. Wenn du wenigstens mich fotografiertest. Das würde ich zur Not noch verstehen. Als Studienobjekt quasi. Oder Micha. Aber immer nur dich. Ehrlich, Steff, gib es auf.«

Bea hatte gut reden. Sie ist schön, problemlos schön. Alles stimmt bei ihr; der Schnitt der Augen und wie die Augen im Gesicht liegen, genau an der richtigen Stelle. Auch die Augenfarbe, fast dunkelblau. Alles passt zusammen.

Die Nase zum Beispiel, schmal, klein, zart. Keine Stupsnase und keine Himmelfahrtsnase. Auch kein Näschen. Eine Nase, die keinerlei Umschreibung nötig hat. Sie ist wohlproportioniert und sitzt an der richtigen Stelle. Sie harmoniert mit der Stirn, mit den Jochbögen und den Wangenknochen. Sie schwillt nicht an in einem überheizten Raum und in der Kälte wird sie kaum rot. Bea hat eine schöne, durch und durch problemlose Nase.

Für Bea hätte es darum auch wenig Sinn, sich dauernd zu fotografieren. Es wäre sogar langweilig. Ein gelungenes Kunstwerk verändert sich nicht. Es gibt auch nichts zu entwickeln oder zu entlarven daran.

Bei mir war das anders und mit Bea überhaupt nicht zu vergleichen. Mein Gesicht war wie ein unerforschtes Land; neu, fremd, unbekannt. Nichts blieb darin, wo es gerade stand. Die Nase zum Beispiel. Als Kind hatte ich eine gewöhnliche kleine Nase gehabt, nichts Auffallendes, weder schön noch hässlich; belanglos. Als mein Gesicht sich zu verändern begann, als es schmal wurde und sich auf dem langen Hals zurechtsetzte, da veränderte sich auch die Nase. Sie wuchs, wurde vor allem länger. Das war zu verkraften; schließlich gehört in ein größeres Gesicht auch eine größere Nase. Erschreckend war nur das Nasenbein. Es wurde breit und kräftig, hob sich auch ein wenig, nicht sehr, nicht zu einem eigentlichen Haken; aber es hob sich immerhin zu einem markanten Profil, zu einer Charakternase.

Isa bezeichnete sie später als eine typisch jüdische Nase. Aber darauf wäre sie auch gekommen, wenn mir meine kleine, kindliche Nase geblieben wäre. Isa und ich geraten häufig wegen solcher Fragen aneinander. Sie behauptet zwar, sie liebe die Juden; sie fühle sich ganz besonders zu ihnen hingezogen; aber sie erkenne sie auch auf den ersten Blick, zehn Meter gegen den Wind, sagt sie. Sie kenne die Art, wie sie reden, wie sie sich bewegen, wie sie sich kleiden; alles sei ganz typisch.

»Lass sie doch reden«, sagte Bea, »ich brauche jedenfalls keine zehn Meter Abstand, um zu wissen, dass sie ein Biest ist.«

Isa ist auf ihre eigene kleine, gerade Nase sehr stolz, so stolz, als habe sie sie selbst aus einem riesigen Nasenangebot ausgesucht; als bestätige die Wahl gerade dieser feinen Nase ihren guten, sicheren Geschmack.

Wenn unsere beiden Schädel, Isas und meiner, nebeneinander im Beinhaus bei der Pfarrkirche lägen, dann wäre der Unterschied wahrscheinlich gering; keine Rassenmerkmale, keine arischen und nichtarischen Schädelformen sind dort zu unterscheiden. Auch Beas Kopf, der schön ist und ausgewogen, mit der kleinen Nase und den weit auseinander liegenden Augen, auch ihr Kopf würde nicht weiter auffallen. Von den einstigen Schönheitsidealen bleibt hier nichts mehr übrig.

Meine Nase gefällt mir zwar überhaupt nicht; ich finde sie zu breit und zu kräftig, aber sie hat dafür ein wunderbares Gedächtnis. Mein Nasengedächtnis ist wahrscheinlich besser und reichhaltiger und vielschichtiger angelegt als mein wirkliches Gedächtnis. Die Nase unterscheidet die feinsten Geruchsnuancen; sie erinnert sich an Koch- und Essensdüfte, an Holzdüfte, an Blumen-, Kräuter-, Baum- und Erdgerüche. Sie unterscheidet Bodenwachsdämpfe und Reinigungsmittel und reagiert auf menschliche Ausdünstungen. Sie erkennt an einem Kleidungsstück sofort Vaters sauren Schweiß oder Tante Ellens parfümierten, bitteren, unterdrückten Körpergeruch. Eigentlich gehört alles oder fast alles zum Nasengedächtnis. Wenn ich *Sommer* denke, rieche ich den See und die Badeanstalt, den feuchten Tanggeruch und den warmen Holzgeruch der Lattenroste. Wenn ich *Herbst* denke, *Schule* denke, *Schifahren* denke, dann sind es immer Gerüche und Düfte, die alles zusätzlich würzen, parfümieren und mit Farbe versehen.

Seit Bea es abgelehnt hat, mich zu fotografieren, habe ich es mit dem Selbstauslöser probiert und damit gar nicht so schlechte Erfahrungen gemacht. Die vielen Versuche verschlangen nur unglaublich viel Zeit und ich verbrauchte dabei Tonnen von Papier, Unmengen von Entwickler; nicht zu reden von den teuren Filmen. Schließlich konnte ich doch nicht jedes Mal einen ganzen Film verknipsen, um all die Fehler festzustellen, die ich machte, immer wieder andere, immer wieder neue.

Dass ich den Fotografierstuhl ausgewechselt und den Kinderstuhl gegen einen alten Hochlehner getauscht habe, war wieder ein kleiner Fortschritt; auch dass ich den Standort des Stuhls auf dem Boden eingezeichnet habe, damit er immer an genau der gleichen Stelle steht.

Der Standort der Kamera, der Zeiss-Ikon, machte mir größere Schwierigkeiten. Lange Zeit suchte ich die ideale Distanz und den günstigsten Lichteinfall. In meinem Ostzimmer kam für die Aufnahme nur der Morgen in Frage, das war von Anfang an klar. Aber wohin sollte ich die Kamera stellen? Auf den Fenstersims? Das erwies sich als falsch. Der Lichteinfall ist dort zu grell, zu direkt, zu verschieden auch nach Wetter und Jahreszeit.

Niemand, kein Mensch, half mir. Für alle war es nur eine Marotte, eine Laune, eine Verrücktheit, nichts weiter. Hätte ich damals beschlossen, irgendetwas Riesiges zu stricken, eine Jacke oder einen Pullover, dann hätten Mutter und auch Tante Ellen mir bestimmt geholfen; obwohl beide genau wissen, dass ich zum Stricken nie die Geduld aufbringe. Auch wenn ich einen Garten mit Treibbeet angelegt hätte, wie ich das einmal vorhatte, um exotische Blumen zu ziehen, auch das hätten sie wahrscheinlich unterstützt. Sie hätten meine Pflanzen bestimmt gegossen; sie hätten auch den Boden geharkt und gelockert und überall erzählt, wie reizend dieser Garten sei. Natürlich auch nur eine Marotte; nie würde ich das durchhalten. Aber immerhin eine nützliche Erfahrung für einen jungen Menschen.

Das Fotografieren sahen sie hingegen als etwas Verwerfliches an, als etwas geradezu Unmoralisches. Ich konnte das überhaupt nicht verstehen; schließlich war es mein Geld, das ich ausgab, und meine Zeit, die ich dafür opferte.

Sicher trösteten sie einander damit, dass es auch wieder nur ein Strohfeuer wäre und dass ich ebenso schnell wieder davon abkommen würde wie von den anderen Marotten, vom Töpfern zum Beispiel oder vom Wollefärben.

Aber diesmal täuschten sie sich gewaltig, wenn sie auf ein baldiges Ende meiner Fotografierwut hofften. Diesmal würde ich durchhalten.

Nach den vielen anfänglichen Misserfolgen ging ich zum alten Rechsteiner ins Fotogeschäft am Marktplatz, bei dem ich immer die Filme und das Papier kaufe. Ich erzählte ihm eine lange Geschichte von einem Wettbewerb, bei dem ich mitmachen wolle, und dass ich Probleme mit dem Licht hätte. Herr Rechsteiner hörte aufmerksam zu und gab mir auch Ratschläge, gleich kiloweise; aber sie taugten wenig. Er selbst ist sicher ein guter Fotograf und versteht sein Handwerk; aber das, was ich wollte, mein Problem mit dem Licht, verstand er nicht, konnte es gar nicht verstehen, da ich ihm ja nicht die Wahrheit sagte. Ich traute ihm nicht und hatte Angst davor, dass er mich im ganzen Städtchen lächerlich machen und herumerzählen würde, ich sei verrückt geworden; ich wolle mich ein

Leben lang fotografieren, um irgendetwas zu beweisen. Für leicht übergeschnappt hält er mich ohnehin.

Einzig sein Rat, eine künstliche Lichtquelle zu verwenden, war vernünftig. Ich habe diesen Ratschlag erst viel später befolgt. Woher hätte ich damals eine starke, blendfreie Lichtquelle nehmen sollen? Ich probierte es mit meiner Nachttischlampe; aber die Lampe ist viel zu schwach und wirft überdies einen langen Schlagschatten. Was mir der alte Rechsteiner zwar nicht ausdrücklich geraten hat, was ich jedoch aus seinem Reden heraushörte, war, dass er annahm, ich hätte die Kamera auf einem Stativ montiert; das war aber nicht der Fall. Was war ich doch für eine Anfängerin! Nicht einmal so viel wusste ich; nicht einmal darauf war ich allein gekommen. Ich habe die Zeiss-Ikon auf den Fenstersims, auf den Schrank, auf einen Stoß Bücher gestellt und sie natürlich aus Versehen immer wieder bewegt und die Bilder dadurch verwackelt. Mit Vaters ausziehbarem Stativ passiert mir das nicht mehr.

Aber ich war noch weit davon entfernt, dass die Bilder vergleichbar waren; gleich in der Größe, gleich in der Schärfe, gleich im Hell-Dunkel-Kontrast und gleich in der Kopfhaltung. Dies alles musste stimmen, bevor ich an den nächsten Schritt denken konnte, an den Film, der einmal daraus entstehen soll. Darüber hatte ich damals noch ganz unklare Vorstellungen. Inzwischen hat mir Chris zwar viele gute Ratschläge gegeben und technisch gesehen hängt nicht mehr alles völlig in der Luft; aber ich weiß immer noch nicht genau, wie die Bilder zu übertragen sind, ob auf einen Schmalfilm oder auf einen Videofilm. Ich denke jedoch, dass sich dieses Problem mit der Zeit lösen lässt. Vorerst müssen die wöchentlichen Bilder stimmen, das Material, mit dem ich später arbeiten kann. In ein paar Jahren, wenn ich eigenes Geld verdiene, wenn ich mir eine Filmkamera leisten oder sogar einen Fachmann bezahlen kann, wird sich auch diese Frage klären. Vorläufig geht es nur um die Bilder und darum, sie möglichst gut zu machen, sie ähnlich zu kopieren und in der richtigen zeitlichen Folge aufzubewahren.

Das Endprodukt – den Film, wie er einmal sein wird – kenne ich hingegen schon lange haargenau und in allen Details. Er läuft jedes Mal ab, wenn ich mich mit Vater streite, wenn er wieder einmal durchblicken lässt, dass seine Tochter so ganz anders ist, als er sie sich vorstellt. Dann drücke ich auf den Knopf und mein Gesicht erscheint groß an der Wand, der lange Hals und darunter die eckigen Schultern. Die Augen, die jetzt noch unbestimmt über den Betrachter hinaussehen, werden sich im Film zusehends fester auf den Vater richten. Das Gesicht, jetzt noch kantig und schmal und falsch zusammengesetzt, wird sich langsam verändern, sich füllen und die Knochigkeit verlieren. Der spröde Mund wird voll und erwachsen werden, das Kinn fest und energisch. So wird es geschehen, das wird mein Film beweisen. Der Vater aber wird endlich einsehen, dass er mich verkannt hat. Er wird immer wieder den Film von neuem betrachten wollen; meine Erfindung von der langsamen Veränderung eines Menschen. Er wird nicht genug bekommen davon und es wird ihm Leid tun, dass er mich nie wirklich gesehen und gekannt hat.

Markenzeichen: Mähne

Man sollte meinen, die Haare machten beim Fotografieren wenig oder gar keine Schwierigkeiten, aber das ist ein großer Irrtum. Gerade die Haare stellten mich vor fast unlösbare Probleme; denn sie sind mehr als alles andere der Mode unterworfen. Sie können verändert, geschnitten, gewaschen, gescheitelt, gekämmt und gebürstet werden. Sie fallen einmal in Wellen oder in weichen Locken, wenn das Wetter warm und feucht ist, oder hängen im Winter in der trockenen, geheizten Luft kraftlos herab. Sie glänzen an gesunden Tagen und sind matt und erloschen bei jeder Erkältung.

Und zu welcher Frisur sollte ich mich entschließen? Zu der wilden, ungeordneten Mähne oder zu dem ordentlichen Pagenschnitt, den Mutter mir immer schon unterjubeln wollte?

Sollte ich die Haare mit zwei Kämmen aufstecken oder sie zu einem Pferdeschwanz zusammenfassen? Natürlich neigte ich zur Mähne. Sie passt zu mir; unter ihr konnte ich mich verstecken.

Auch ist die kräftige, dichte, weich gelockte Haarflut das Beste an mir. An den Haaren ist nichts auszusetzen. Aber die Bilder belehrten mich anders. Auf den Bildern war kaum etwas anderes als Haare zu sehen. Sie fielen ins Gesicht und über die Stirn. Sie verdeckten die Schläfen, die Augenbrauen und die Wangenknochen. Sie gaben dem Gesicht eine verfälschte Form, verwischten die Züge und verschoben den Schwerpunkt. Mit so viel Haar auf den Bildern konnte die Veränderung nicht nachgewiesen werden. Die Haare nahmen zu viel Platz ein und setzten die Akzente falsch. Sie verdeckten zum Beispiel die Augenbrauen und damit verschwand die Linie, die durch die Jochbögen gezeichnet wird. Die Stellung, ja sogar die Lage der Augen wurde verändert; und die Nase erhielt zu viel Gewicht.

Neben dem Mund war in diesen haarintensiven Bildern nur noch die Nase eindeutig sichtbar. Alles andere war umrahmt und umschummert und halb verdeckt. Trotzdem habe ich es lange, viel zu lange mit der Mähne versucht.

Ich konnte mich einfach nicht von ihr trennen. Sie war damals mein Markenzeichen und auch mein Zugehörigkeitszeichen. Ich wusste, Mutter würde triumphieren, wenn die Mähne verschwand; und erst Tante Ellen. Sie würden mich loben und glauben, dass ich endlich vernünftig geworden wäre. Sie würden an die Rückkehr des »guten Kindes« glauben, dem sie bei jeder Gelegenheit nachtrauern. Die Haare mussten also bleiben, unter allen Umständen; aber vielleicht ließen sie sich mit einer Spange bändigen oder mit einem Band oder wenigstens mit einem Haarreif zurückdrängen.

Mit der Spange sah ich ganz unmöglich aus, wie ein ältliches Kleinkind; es fehlte nur noch die seidene Schleife auf dem Kopf. Einfach lächerlich. Der Reif passte ebenso wenig zu mir. Die sonst immer verdeckte Stirn wirkte plötzlich weiß und nackt, wie unbenützt, während sich die zurückgekämmten Haare unter dem Griff des Reifs sträubten, zu Berge standen, sich auf alle Fälle nicht so legten, wie es von ihnen erwartet wurde. Einziger Ausweg war die Haarwäsche unmittelbar vor dem Fotografieren mit sofortiger Verstrubbelung danach. Ein aufwendiges Verfahren, aber es fiel mir kein anderer gangbarer Weg ein. Dabei machte ich eine neue Entdeckung. Ich begann mich mit nassen Haaren zu fotografieren. Die Haare wirkten auf den Bildern wie eine dunkle, anliegende Mütze. Einziger künstlicher Eingriff war der kurze Scheitel oben links, der auffiel wie eine dicke weiße Naht. Jetzt war wirklich alles zu sehen, gnadenlos alles. Die Bilder sahen wie Verbrecherfotografien aus:

Gesucht und zur Fahndung ausgeschrieben wird Stephanie, genannt Steffi, Steff, Fanny, Stefan.

Es fehlte nur noch die Aufnahme im Profil und die Aufzählung »besondere Merkmale« wie längliches Gesicht, kräftige Nase, Augen nahe beisammenstehend.

Die Metamorphose, wenn sie wirklich einmal stattfinden sollte, müsste mit nassen Haaren eindeutig und schlagend zu beweisen sein; und darauf kam es mir schließlich an. Es wäre sicher der richtige Weg gewesen. Trotzdem bin ich davon abgekommen; ich ertrug diese Bilder einfach nicht.

Die Skrupel, die Unentschlossenheit, die Verzweiflung, ja tatsächlich: auch die Verzweiflung, dauerten unendlich lange.

Aus dieser Zeit gibt es keine wöchentlichen Bilder, kein einziges; dafür die längsten, wildesten, struppigsten Haare, die ich je hatte. Auf einem Klassenfoto bin ich überhaupt nicht zu erkennen; ich sehe wie ein zottiger Waldschrat aus, der auf einem Baumstrunk sitzt und in einen Apfel beißt. Es ist nicht die einzige Pause, die sich im Laufe der Fotografiererei ergab; aber es war sicher die längste.

In dieser Zeit, das heißt an ihrem Ende, verliebten sich Bea und Micha ineinander. Sie sind schon immer Freunde gewesen; aber früher habe ich zu ihrer Freundschaft gehört, gleichwertig dazugehört. Bea, Micha und ich; wir drei gegen die Welt. Und Bea, vor allem Bea, war meine Freundin, meine Vertraute, eigentlich die wichtigste Person in meinem Leben. Nun wurde das anders. Die zwei versanken völlig ineinander und vergaßen mich dabei. Mich gab es überhaupt nicht mehr. Mich haben sie damals buchstäblich ausgelöscht; nicht nur für sich, auch für mich. Ich kam mir in diesem Sommer der grenzenlosen Einsamkeit selbst abhanden.

Ich erinnere mich an nichts, was ich damals unternommen haben könnte. Wahrscheinlich lag ich stundenlang, tagelang, den ganzen Sommer lang auf dem hölzernen Floß der Badeanstalt und starrte über die Bucht zu den Häusern und zur Kirche hinüber, jener Welt, die mir immer sicher und festgefügt erschienen war, so sicher, dass ich keinen Gedanken daran verschwendet hatte. Jetzt hatte diese Welt mich ohne Warnung ausgestoßen. Ich starrte zu Beas Haus hinüber, das vom Floß aus leicht zu erkennen ist. Dort lagen die beiden wahrscheinlich im Garten, unter dem Nussbaum, hielten einander an den Händen und sprachen in der entsetzlichen Idiotensprache miteinander, die sie sich angewöhnt hatten. Allein beim Gedanken an die hohen, zirpenden, kindischen Laute schossen mir Wuttränen in die Augen. Die beiden hatten den Verstand verloren. Warum mussten sie sich so aufführen? Vor einem halben Jahr noch hätten wir uns beim Anhören einer solch gelispelten Babysprache gebogen vor Lachen. Wir hätten uns einen Spaß daraus gemacht, sie nachzuäffen, und bestimmt hätten wir uns geschworen, nie so zu werden; niemals solche Narren aus uns zu machen.

Jetzt, allein auf dem Floß, konnte ich nichts Komisches mehr daran finden, nur noch Tragisches. Bea war mir unverständlich; ich kannte sie nicht mehr und verstand sie nicht. Ihr Verhalten war mir widerwärtig und fremd. Damit entfernte sie sich innerlich mehr von mir, als sie es räumlich schon getan hatte.

Aus dem Giebelfenster ihres Hauses hing etwas Bräunliches heraus, eine Decke oder ein Teppich. Aber es war nicht das vereinbarte Zeichen, das rote Tuch, das Beas Mutter manchmal hinaushängte und damit signalisierte, dass es genug sei mit der Baderei, dass Bea heimzukommen habe. Wenn es ein violettes Tuch war, der alte Bettüberwurf im Giebelzimmer, dann musste Bea auf dem Heimweg Brot kaufen. Wir machten uns einmal den Spaß, eine ganze Liste von nützlichen Nachrichten und Mitteilungen auszuknobeln, die man so signalisieren könnte. Ein weißes Tuch hieß Milch einkaufen, das braune Badetuch Kaffee. Ein aufgespannter Regenschirm verhieß immer etwas Besonderes, zum Beispiel: Besuch war gekommen oder die Familie ging weg; der Schlüssel lag am vereinbarten Ort. Der Regenschirm hätte natürlich immer wieder neu kodiert werden müssen. Aber so weit gedieh die Sache nicht. Es blieb bei den zwei Tüchern, beim roten Tischtuch, das »Heimkommen!« hieß, und beim violetten Bettüberwurf mit dem Brotauftrag.

Ich starrte hinüber zu dem bräunlichen Ding, das aus dem Fenster hing, und malte mir aus, was ich tun würde, wenn plötzlich das rote Tuch erschiene. Wenn das rote Tuch aus dem Giebelfenster hinge, jetzt, in diesem Moment, würde ich mich ins Wasser werfen, zurückschwimmen, mich anziehen, mich aufs Rad setzen und in weniger als zehn Minuten in Beas Zimmer treten und sagen: »Du hast mich gerufen – ich bin gekommen.« Oder vielleicht auch: »Hier steh ich, ich kann nicht anders.« Oder etwas noch Dramatischeres. Und wir würden beide in Gelächter ausbrechen und es wäre alles wieder gut.

Die sonnenwarmen, ausgedörrten Bretter des Floßes warfen ein zitterndes Streifenmuster aufs Wasser. Gründlinge spielten darin, leuchteten auf und erloschen wieder. Wenn ich meine Hand ins Wasser tauchte, zuckten sie erschreckt davon, um gleich wieder zurückzukommen und weiterzuspielen. Es roch nach Tang und Fisch, nach Holz und Sonnenöl. Es hätte nach Ferien riechen können; aber danach roch es nicht.

Manchmal kamen am Abend Mutter und Tante Ellen, streckten ihre bläulichen Beine in die letzten Sonnenstrahlen und breiteten Handtücher über ihre Oberschenkel. Sie fragten nach Bea, wo sie sei und ob wir Streit gehabt hätten. Ich knurrte eine unverständliche Antwort, verschwand mit einem flachen Kopfsprung im Wasser und musste darum auch die Blicke nicht sehen, die sie sicher tauschten, ihre So-ist-das-also-Blicke.

Sie wussten ja alles haargenau; auf jeden Fall hatten sie von Beas und Michas Liebe gehört und natürlich kannten sie auch meine Einsamkeit. Sie hätten mich bestimmt gerne getröstet. Sie hätten mich sogar ein wenig verwöhnt; aber gerade das wollte ich nicht.

Ich hätte mich damals gerne aufgelöst im Wasser oder in der Luft. Ich wollte nicht eigentlich sterben; aber ich wäre gerne eine Wolke geworden oder ein Fisch, ein Alleebaum oder ein Haubentaucher. Ich hätte mich gerne aus dem Bereich von Michas und Beas Liebe entfernt und auch aus demjenigen von Mutters Verständnis und ihrem Mitleid.

* * *

Am Ende der Sommerferien ließ ich mir die Haare schneiden, ohne lange darüber nachzudenken. Es war einfach Zeit, es zu tun; und so tat ich es.

Ich hatte mich seit langem wieder einmal aufmerksam im Spiegel angesehen und dabei an meinem Gesicht keine Veränderung festgestellt. Ich hatte keine schmerzverzerrten Züge. Der Schmerz über Beas Untreue hatte sich nicht eingegraben. Mein Gesicht sah auch nicht geadelt aus.

Keine Tränensäcke waren mir geblieben, nicht einmal weiße Haare, überhaupt nichts, außer dass ich ein wenig verdrossen aussah. Und da hatte ich das Urteil gefällt; die Haare mussten weg.

Ich überhörte das Lobgeschrei darüber, wurde – wenn möglich – noch unausstehlicher und kratzbürstiger, um jede Illusion von der Wiederkehr des guten Kindes gar nicht erst aufkommen zu lassen.

Der Haarschnitt war natürlich eine Katastrophe. Zuerst traute ich mich damit nicht unter die Leute, verstrubbelte diesen kläglichen Rest auch, so gut es ging, und kämmte die Allerweltsfrisur nur ordentlich und wie sie sich gehörte, wenn ich mich fotografierte. So musste ich also künftig durchs Leben, mit diesem entsetzlichen Radikalschnitt. Zwar war es kein Pagenschnitt, aber fast so schlimm, Stufenschnitt, Ohren bedeckt, Stirnfransen leicht zurückgekämmt. Ordentlich, ordentlich.

Bis zu diesem Zeitpunkt, bis zum Haarschnitt, habe ich alle Bilder zerstört. Das mag ein Fehler gewesen sein; aber die Aufnahmen waren auch in anderer Hinsicht so dilettantisch, so schlecht und überhaupt nicht miteinander vergleichbar, dass sie nicht zu gebrauchen waren. Die Negative habe ich jedoch aufbewahrt und somit ist schließlich nichts verloren.

Bisher war alles vielleicht wirklich nur ein Spiel gewesen, eine Marotte, um Mutter und Tante Ellen zu ärgern; eine Verrücktheit auch, wie sie es nannten, um mich wichtig zu machen. Jetzt, da ich mein schönes wildes Haar, das

Beste, was ich habe, geopfert und der Idee untergeordnet hatte, wurde ich unsicher. War es nicht zu viel verlangt und würde ich es nicht später bereuen? Ausgeschlossen für immer und ewig, die Haare hennarot zu färben, wie Bea es gerade tat. Unmöglich, sie alle gleich kurz zu schneiden, um sie wie die Stacheln eines Igels vom Kopf abstehen zu lassen. Alles endgültig aus und vorbei, für jetzt und ein ganzes Leben. Es durfte kein Ändern mehr geben. Jedenfalls bis zur Metamorphose und danach war es ohnehin zu spät, danach war man erwachsen, langweilig und schon ein wenig tot.

Ein paar Tage später war Bea gekommen, so, wie sie immer kam. Sie hatte einen kleinen Stein ans Fenster geworfen und gerufen: »Steff, bist du da oder noch im Bett, du Faultier?«, und als sie mich gesehen hatte mit meiner Coupe radicale, war sie in Klagen ausgebrochen über meine verschwundene Mähne: »Deine Haare, Steff. Was ist los mit deinen schönen Haaren? Haben sie dich rumgekriegt?« Ich versuchte es ihr zu erklären, aber es war sinnlos, aussichtslos. Sie konnte es nicht nachfühlen.

»Wenn du dich schon unaufhörlich fotografieren musst, warum dann nicht mit nassen Haaren? Ist doch egal, wie du aussiehst, da du dich ja ohnehin veränderst und auf die Metamorphose wartest.«

Bea hatte gut reden, sie urteilte aus der Sicherheit ihrer Schönheit. Sie kann es sich leisten, in den schrecklichsten Klamotten herumzulaufen. Sie kann die Haare in fettigen Strähnen hängen lassen; ihr macht das überhaupt nichts aus. Sie braucht ja nur hinzugehen, die Haare zu waschen und schon ist sie wieder die schöne Bea, während ich, ach ja, bei mir ist es eben anders.

Ich war etwas verlegen gewesen und scheu. Ich wusste nicht recht, was ich sagen, wie ich mich benehmen sollte. Ach, ich bin immer ein Idiot in solchen Dingen; überhaupt nicht normal und vernünftig. Am liebsten hätte ich geheult; vielleicht heulte ich auch ein bisschen. Bea benahm sich jedoch wie immer, schlenderte in meinem Zimmer herum, nahm eine Bluse vom Bügel und behauptete, sie noch nie gesehen zu haben, sah meine Bücher durch und gab jedes Mal dem Fotografierstuhl einen Tritt, wenn sie an ihm vorbeikam und sagte: »Dieser Blödsinn, dieser *blöde Sinn!*«, und fragte so nebenbei, ob ich Lust hätte zum Radfahren am Nachmittag und vielleicht komme Micha auch mit.

»Micha?«, sagte ich und verlor schlagartig meine Verlegenheit, »und dann lispelt ihr den ganzen Nachmittag in eurer Babysprache, nein danke.«

Bea lachte: »Hat es dich genervt? Nein, du kannst beruhigt sein, diese Phase ist vorbei.«

»Und in welcher Phase seid ihr jetzt, wenn man fragen darf?«

»In einer anderen«, sagte Bea kurz.

Die Kusslinkshänderin

Allein betrachtet ist mein Mund tadellos; man könnte sogar sagen, er sei schön. Die Lippen sind weder zu voll noch zu schmal; Größe, Form und Schnitt, die Zeichnung des Lippenbogens und die Lage im Gesicht, alles stimmt und ist in Ordnung. Das Lächeln hingegen ist weniger geraten; keine Grübchen, kein Strahlen; das Lächeln ist reines Mittelmaß, nichts Besonderes. Aber darum geht es auch nicht, obwohl ein bezauberndes Lächeln sicher nicht zu verachten wäre und das Leben sehr erleichtern könnte. Beas Lächeln zum Beispiel finde ich hinreißend. Manchmal sage ich nur darum etwas Komisches, damit sie lächelt. Sie entblößt dann ihre eher kleinen, regelmäßigen Zähne. Der Mund öffnet sich nur wenig, wird etwas breiter und die Backen ziehen sich zurück. Eine kleine senkrechte Falte entsteht, keine Grübchen, nur ein feiner, hauchdünner, wie eingeritzter Strich, der mitlächelt und das Lächeln verdoppelt.

Die Augen lächeln absolut passend dazu; sie werden zu leicht nach oben geschwungenen Halbmonden, umrahmt von dichten, dunklen Wimpern.

Beas Mutter lächelt ganz ähnlich; nur wirkt ihr Lächeln verwaschener, abgenutzter, abgelächelter. Auch in ihrem Gesicht entsteht ein senkrechter Lachstrich zwischen den Nasenflügeln und den Mundwinkeln. Dieser Strich hat sich im Laufe der Zeit in die Haut eingegraben und ist zu einer Lachfalte geworden, die auch ohne Lächeln stehen bleibt. Ich mag mir Bea nicht mit dieser senkrechten Falte vorstellen.

Eigentlich möchte ich sie nicht ganz so wie ihre Mutter sehen; obwohl die zwei einander unglaublich ähnlich sind. Schnitt und Farbe der Augen sind genau gleich, auch die regelmäßigen kleinen Zähne mit den etwas betonten Eckzähnen, und schließlich ist der Haaransatz derselbe, der ihre Gesichter herzförmig in zwei Hälften teilt und diese wie ein speziell für sie gefertigter Rahmen einfasst.

Nur ist bei Bea alles strahlend neu und sieht wie unbenützt aus. Sie braucht sich darum auch nicht dauernd anzusehen und schon gar nicht zu fotografieren. Sie ist bereits der richtige, der endgültige Entwurf; eine Metamorphose ist nicht zu erwarten, sie wäre auch gar nicht wünschenswert.

Ich hingegen sehe niemandem ähnlich; sicher nicht meiner Mutter, die einmal sehr schön gewesen sein muss. Jedenfalls sagen das alle, die sie früher gekannt haben, und in gewisser Weise ist sie immer noch schön. Von meinem Vater habe ich nur die Nase geerbt, ein Einzelstück sozusagen, und mein rechtes, fleischiges, viel zu großes Ohr, das Vaterohr.

So bezaubernd Beas Lächeln ist, so wenig gefällt mir ihr lautes Lachen. Ihr Gelächter ist wie bei den meisten Leuten zu grell und zu schrill. Ich kenne eigentlich niemanden, den lautes Lachen nicht entstellt. Im Allgemeinen sind auch die Gebisse schrecklich, die entblößt werden, mit den hässlichen Plomben und verfärbten Flickstellen; und die Zunge, wenn sie zu sehen ist, wirkt wie ein rosa Fleischkloß, geradezu unappetitlich. Ganz zu schweigen von den Geräuschen, die man beim lauten Lachen ausstößt. Lisettes Koloraturlachen geht ja noch; seit sie Gesangstunden hat, lacht sie, je nachdem, Mozart oder Verdi oder was sie gerade übt. Aber sonst, nur Gegacker und Gekreisch. Man müsste sich das laute Lachen grundsätzlich verbieten und nur lächeln mit offenem Mund oder besser noch mit geschlossenen, nur wenig auseinander gezogenen Lippen.

Zum Fotografieren halte ich den Mund natürlich ganz geschlossen. Die Lippen dürfen sich nicht ganz berühren; sie sollten nur leicht aufeinander liegen, sie dürfen unter keinen Umständen zusammengepresst werden, das erweckt unweigerlich einen strengen, abweisenden, ja sogar einen besserwisserischen Eindruck. Die Zähne stehen dabei nicht ganz aufeinander. Die Stellung ist etwas künstlich und angestrengt, aber damit werde ich schon fertig.

Das Schwierige an meinem Mund ist auch nicht äußerlich, sondern eher wesensbedingt. Ein anderes, passenderes Wort fällt mir dazu nicht ein. Der Mund ist zwar leise, sehr leise sogar, manchmal geradezu scheu und kann sich kaum vernehmbar machen; andererseits ist er aber auch vorlaut, aufsässig, besserwisserisch, geschwätzig. Das hat natürlich mit dem Mund und den Lippen, mit deren Form und Schnitt an und für sich nichts zu tun. So wenig, wie etwa das Nasengedächtnis mit der Form der Nase zusammenhängt. Trotzdem gehört alles zusammen, Mund, Stimme, Sprache und auch das Zungengedächtnis, das bei mir viel weniger fein ausgebildet ist als das Nasengedächtnis. Es ist grobmaschiger angelegt, farbloser auch, geradliniger, unkomplizierter, plebejischer. Der Mund ist kein Feinschmecker, allerdings auch kein Vielfraß, dafür ein Leckermaul. Er liebt alles Süße, Dampfnudeln mit Vanillesoße zum Beispiel oder Apfelkrapfen oder Schokoladekuchen. Bea hingegen mag eher Feines, Exotisches, stark Gewürztes; je fremder, desto besser.

Technisch gesehen stellt der Mund beim Fotografieren wenig Probleme; jedenfalls keine vergleichbaren mit den schwer zu lösenden Haar- und Frisurfragen. Trotzdem ist der Mund heikel; denn er drückt viel mehr aus als etwa die Nase oder die Haare; auch wenn er nicht lächelt, nicht trotzig aufgeworfen, nicht verletzt ist. Er ist das widersprüchlichste Organ von allen.

Meine ganze Zwiespältigkeit drückt sich durch den Mund aus. Meine Zerrissenheit, das Vorlaute und das Scheue; das Umgängliche und das Abweisende; das Eingebildete und das Unsichere. Alles, oder fast alles, was mir das Leben erschwert.

Mein Mund kann unglaublich überheblich sein, hochfahrend und eingebildet und sich aufspielen, als habe er die Weisheit mit Löffeln gefressen. Bei Ines zum Beispiel, an jenem unglücklichen Abend, als sich alle so aufspielten und ich mich auch dazu verführen ließ. Ich mag gar nicht daran denken. Aber das ist es ja gerade, was mir Sorgen macht, dass man sich auf sich selber nicht verlassen kann, dass plötzlich eine fremde, unsympathische Charakterseite zum Vorschein kommt. Ines hat mich damals nur erstaunt angesehen und sich wahrscheinlich gewundert. So hat sie mich nicht gekannt. Und so bin ich auch nicht. Aber wie denn sonst? Gewiss bin ich auch nicht Erics kleine Freundin, die kaum den Mund aufmacht und sich schon vergewaltigt fühlt, wenn Eric, die halbe Portion, etwa näher rückt und ungeschickt zu fummeln beginnt. Da hätte ich doch nur ganz cool sagen sollen: »Lass das, Eric«, anstatt ihm eine … ach, forget it. Das Zusammenleben mit mir ist manchmal eine echte Plage.

Als ich mit Bea darüber sprechen wollte, grinste sie nur und sagte: »Du hast ihm eine gewaschen? Geschieht ihm recht, dem Zweieck.« Aber das wollte ich eigentlich gar nicht hören. Darum ging es auch nicht.

Bea stört es überhaupt nicht, immer wieder eine andere zu sein. Sie liebt das; es gehört zu ihr und zu ihrer Lebensfreude. Einmal spielt sie die Femme fatale, mit hennarotem Haar und superkurzem Rock. Kurz darauf erscheint sie als Ausgeflippte mit zerrissenen Jeans und langen, verfärbten Shirts oder sie spielt die Emanze oder die Musterschülerin in bravem Blüschen. Immer aber benimmt sie sich entsprechend und fühlt sich todsicher in der Rolle.

Zum Beispiel findet es Bea großartig, sich mit Tante Ellen über das Sterilisieren von Birnen zu unterhalten. Sie gibt sich ernst dabei und professionell, hört sich an, was Tante Ellen aus ihrem langjährigen Erfahrungsschatz hervorkramt, und tut so, als ob sie sich das Rezept merke, es sogar später aufschreiben wolle. Dann hüpft sie davon, fröhlich und ausgelassen, und hat schon unter der Türe alles vergessen; während Tante Ellen ihr liebevoll nachsieht, dem lieben Kind, und sich vornimmt, das Sterilisieren von Birnen aufzuschreiben und der Nachwelt zu erhalten. Dass Bea anschließend vielleicht direkt in der Inseldisko vorbeischaut und sich dort irgendetwas Süffiges bezahlen lässt von einem reichen Knacker, davon hat Tante Ellen keine Ahnung.

»Und wenn dich dort einer anfasst?«, frage ich Bea. »Was dann?«

»Das tut er nicht«, lacht sie, »nicht bei mir, wetten?«

»Wie bist du eigentlich wirklich, Bea? Wer bist du, wenn du gerade keine Rolle spielst?«

»Ach Steff«, sagt sie dann, »was bist du für ein komisches Huhn. Ich wundere mich gelegentlich, warum ich mich immer wieder mit dir einlasse. Ehrenwort.«

»Ich mich auch«, sage ich und wir brechen in das gackernde, hysterische Gelächter aus, in dem wir schon viele Antworten begraben haben.

Mir kommt das irgendwie nicht normal vor, dieses Pendeln zwischen den Extremen. Kaum ist die Show des Hochmuts abgezogen, kaum hat sich mein Mund genug aufgespielt und aufgeblasen, kommt bestimmt die Gegendarstellung. Es kann Demut und Bescheidenheit sein oder auch stille Insichgekehrtheit. Der Mund, eben noch geschwätzig und vorlaut, wird mundfaul, ja mundtot. Er sagt kaum etwas, jedenfalls kein Wort zu viel.

Ich sitze da und höre zu, nicke gelegentlich oder drifte ab, bleibe irgendwo unterwegs hängen, an einem Wort oder an einem Bild. So kennt mich wahrscheinlich Ines. Sicher war ich für sie immer die Stille, die Nachdenkliche, bis zu jenem plötzlichen Rollenwechsel. Der musste sie ja verwirren. Mich verwirrt er schließlich noch mehr.

Mit dem Mund hat das alles natürlich wenig zu tun. Trotzdem müsste die Mehrzüngigkeit in den Fotos irgendwie zur Darstellung kommen. Das ist mir bis jetzt nicht gelungen. Man sieht dem Mund das Gift nicht an, das er speien kann; auch die Empfindlichkeit nicht. Ich reibe ihn mit farblosem Balsam ein, damit die Lippen gut zur Geltung kommen. Dann kennt man zwar die Form des Mundes, aber nicht, wie er lacht, ob er fröhlich ist oder hämisch, ob er *mit*lacht oder *aus*lacht. Man weiß nicht, ob er pfeifen kann oder singen. Es könnte sogar sein, dass er lispelt oder stottert oder lallt. Auf den Bildern ist das nicht auszumachen. Es lässt sich nicht darstellen; obwohl es doch für einen Menschen, für sein Lebensgefühl, von großer Wichtigkeit ist, wie er spricht, wie er sich mitteilt, wie er sich verständlich macht.

Könnte dies ein Grund sein, das Fotografieren ganz aufzugeben? Weil auch die Metamorphose nicht darstellbar, nicht nachweisbar wäre?

Bea wiederholte es ja ununterbrochen und auch Mutter und Tante Ellen sind überzeugt davon, dass ich einer Schimäre nachjage, einem Hirngespinnst, und dass es für mich ein trauriges Erwachen gibt, wenn sich alles als ein Riesenflop herausstellt.

Aber ich bin zu dem Schluss gekommen, dass ich nicht aufhören will mit den wöchentlichen Bildern; und Chris hat mich darin bestärkt. Das Ziel ist, die Entwicklung eines Menschen zu zeigen und festzuhalten, was die Zeit in einem Gesicht zu bewirken vermag; wie sie es zurechtrückt, es verändert, es vielleicht verschönt oder seine guten Anlagen zerstört. Auch das ist möglich. Damit muss ich rechnen. Ich denke es mir als Wagnis, als Experiment. Ich sehe nicht ein, was dagegen spricht.

Natürlich lässt sich nicht alles darstellen; das habe ich inzwischen eingesehen. Lispeln und Stottern, Pfeifen und Singen sind auf keine Art und Weise ins Bild zu bringen. Wichtige Eigenschaften hingegen, Nachdenklichkeit etwa, Güte, vielleicht auch Humor oder sogar Weisheit, sollten aus den Bildern irgendwie herauslesbar sein.

Und Schüchternheit? Schüchternheit wohl nicht, auch Großzügigkeit nicht, Launenhaftigkeit nicht und auch Geiz nicht. Und Sinnlichkeit? Ach ja, Sinnlichkeit schon eher; darüber sprechen wir oft, Bea und ich.

»Ich bin ein sinnlicher Mensch«, sagt Bea immer, wenn wir darauf kommen, »ich küsse gern, ich streichle gern und ich lasse mich so gerne streicheln.«

Ich würde auch gerne gestreichelt werden. Ich träume oft davon; dann spüre ich sogar manchmal Chris' Hand auf meiner Haut. Ich sehne mich so danach. Alle Härchen stehen schon beim Gedanken daran senkrecht und möchten berührt und geglättet werden. Aber ist das Sinnlichkeit? Vielleicht ist das nur Wohlbehagen; wie das Schnurren einer Katze.

Auf alle Fälle habe ich keinen sinnlichen Mund, keinen Kussmund, das ist sicher. In Gesellschaft wird er schmal und trocken, sogar rissig. Nicht einmal das leichte Küsschen links, Küsschen rechts zur Begrüßung oder zum Abschied bringt er fertig, wie es sich gehört. Für Bea gibt es in dieser Beziehung überhaupt keine Probleme. Sie drückt einen an sich und haucht dann einen flüchtigen Kuss zuerst auf die eine, dann auf die andere Seite, während ich sicher schon falsch beginne, das heißt mit rechts statt mit links oder umgekehrt, und damit gleich Verwirrung stifte. Der Kuss sitzt dann irgendwo neben dem Ohr oder fast auf der Nase. Und ein Kuss hat es ohnehin nicht zu sein; nur so eine leichte Berührung. Aber gerade das Leichte, Flüchtige ist das Schwierige daran.

Vielleicht bin ich eine Kusslinkshänderin oder eine Kusslegasthenikerin. Wer weiß, was es alles gibt.

Brillenschlange

Über Form und Farbe meiner Augen ist nichts Nachteiliges zu sagen. Sie sind ziemlich groß, hellbraun mit einem dunklen Rand, was apart aussieht; aber sie stehen zu nahe beisammen und kurzsichtig sind sie auch, sehr kurzsichtig.

Bea sagt, sie würde eine Brille tragen. Keine Frage. Ihr gefallen Brillen. Sie findet, Brillen machen ein Gesicht interessant, sogar intellektuell. Manchmal trägt sie tatsächlich eine Brille, nur zum Spaß, eine poppig gestreifte oder getupfte, mit Fensterglas natürlich, weil sie ja normalsichtig ist. Und die Brille passt dann zu ihrem poppigen Shirt und zur neuen Igelfrisur. Bea sieht wirklich gut aus damit, obwohl sie mir ohne Brille eindeutig besser gefällt.

Sie würde sich niemals mit diesen lächerlichen Kontaktlinsen herumschlagen, niemals, sagt Bea. Man sehe sie ja ohnehin zehn Meter gegen den Wind wegen der geröteten und tränenden Augen und der verschwollenen Lider. Und das ewige Theater mit dem Verlieren; das reine Kabarett.

Ja, ja, Bea würde eine Brille tragen; das glaube ich gerne. Mir stehen aber Brillen nicht; weder die poppigen, modischen Fun-Brillen noch die teuren Erwachsenenbrillen. Ich sehe mit einer Brille wie eine Brillenschlange aus; genau wie Sandra, ihr steht die Brille auch nicht. Man möchte sie ihr immer von der Nase nehmen, so verkleidet wirkt sie damit, überhaupt nicht intellektuell, nur falsch und hässlich.

Natürlich ist das immer ein Theater mit den Kontaktlinsen. Dauernd verliert man sie; dann kriechen alle auf dem Boden herum und finden doch nichts, weil sich die Linse irgendwo versteckt hat. Schließlich ertönt das kleine, unverwechselbare Knacken und die Linse ist hin. Jemand ist drauf getreten und der Optiker freut sich.

Zum Fotografieren trage ich keine Linsen; aber ich könnte sie durchaus tragen, das Problem ist ein anderes. Ich habe die Frage noch nicht gelöst, wohin ich sehen soll. Nicht in die Kamera, das ist einmal sicher. Wenn ich direkt in die Kamera sehe, die ja nur zwei Meter entfernt ist, nehme ich den Blick zurück, die Augen sind nicht ganz offen, die Pupillen verengen sich, der Blick wird begrenzt und beengt. Wenn ich jedoch einen Punkt hinter der Kamera fixiere, dann ist der Blick leer, er sieht einfach einen Punkt an, weiter nichts.

Ich könnte natürlich die Augen weit öffnen und in die Ferne sehen, in den Garten hinaus; aber dann bekommen die Augen einen unbestimmten Ausdruck oder – was schlimmer ist – sie schielen ein wenig, nicht sehr, aber sie irren doch deutlich auseinander.

Die Augen haben mir bis jetzt die meisten Probleme aufgegeben, technische Probleme vor allem. Da ist einmal das Zwinkern, ein neurotisches Zwinkern natürlich. Es beginnt immer im Augenblick der Aufnahme; wenn alles bereit ist, wenn ich auf den Knopf drücken will, ausgerechnet dann beginnen die Lider zu flattern und zu zucken. Wenn ich es unterdrücke, was im Allgemeinen möglich ist, wird der Blick starr und glotzäugig und dabei sollte er doch offen, sprechend und ausdrucksvoll sein. Aber das ist er in den seltensten Fällen; meistens wirkt er verkniffen, verwirrt, in sich gekehrt, verschleiert.

Ich habe schon alles dagegen zu unternehmen versucht. Eine gute Möglichkeit ist Musik hören. Die Nocturnes von Chopin eignen sich dazu oder die Wandererphantasie von Schubert. Sie ist so ergreifend, so anrührend, dass jedes Glotzauge schon bei den ersten paar Takten weich wird und träumerisch. Mir steigen immer gleich die Tränen in die Augen, weil ich schrecklich sentimental und leicht zu rühren bin. Es fällt mir unweigerlich der junge Schubert ein; wie krank er war, als er diese herrliche Musik schrieb, wie wenig Erfolg er damit hatte, wie unverstanden er sich wohl gefühlt haben muss inmitten seiner lustigen Freunde. Und natürlich fühle ich mich sofort auch unverstanden und einsam. Das ist nicht einmal übertrieben; denn mich versteht man auch nicht, niemand begreift, was ich mit dem Fotografieren zeigen möchte. Niemand hört auch nur einen Augenblick wirklich zu, wenn ich es erkläre. Alle finden es verrückt, eine Marotte, einen Unsinn, einen Tick. Außer Chris. Aber der ist nicht da.

Darum also eignet sich Musik doch nicht so recht zur Ablenkung von dem starren Blick; denn Tränen sind so ziemlich das Letzte, das ich für die Aufnahmen gebrauchen kann. Zudem weine ich außerordentlich hässlich. Meine Nase wird rot und dick und füllt sich mit Flüssigkeit, wahrscheinlich mit den Tränen; was weiß ich. Die Augen werden ebenfalls rot und zerfließen. Das Gesicht wirkt verschwollen und verwaschen; ganz anders als in den Filmen, in denen Frauen so wunderschön zu weinen verstehen. Ihre Gesichter zerfließen nicht, schwellen auch nicht an; es springen nur ein paar Tropfen aus ihren Augen und rollen die Wangen hinab. Alles andere bleibt unverändert.

Auch Bea verändert sich nicht sehr beim Weinen. Wobei zu sagen ist, dass sie selten weint. Wenn ihr trotzdem einmal die Tränen kommen, werden nur die Augen feucht und schwimmen ein wenig; und die Nasenspitze, nur sie allein, wird etwas rot. Aber dann schüttelt sich Bea meist, lacht schon wieder, fährt sich über die Augen und behauptet womöglich, ich hätte sie mit meiner Sentimentalität angesteckt.

Ideal wäre, wenn mir jemand beim Fotografieren vorläse, eine spannende, unterhaltsame, nicht allzu traurige Geschichte. Ich würde aufmerksam zuhören, alles Technische dabei vergessen und ganz normal und entspannt vor mich hin blicken.

Aber wer sollte das tun? Wer sollte mir schon jeden Sonntag vorlesen, über Jahre, bis zur Metamorphose? Man kann das von niemandem erwarten; es sei denn, es bestünde ein gemeinsames Interesse an der Sache. Darum ist es besser, wenn ich mich gar nicht bei solchen Wunschvorstellungen aufhalte und selbst eine Lösung finde. Neuerdings denke ich mir jeden Sonntagmorgen eine Geschichte aus und lenke mich damit ab. Nichts Großes, Kompliziertes natürlich, keine richtige Geschichte mit einem Anfang und einem Ende. Ich rufe mir einfach ein Erlebnis in Erinnerung, irgendetwas, an das ich gerne denke, an das kleine Mädchen auf dem Bahnhof in Kesswil etwa oder an die Frau mit dem Fragebogen, oder ich stelle mir Chris vor, wie es wäre, wenn er sich in mich verliebte, mich wirklich liebte, nicht so, wie Eric es behauptet zu tun.

Eric glaubt sich nämlich solche Gefühle schuldig zu sein. Alle seine Freunde und Kollegen sind entweder gerade verliebt oder haben eine Freundin; nur er nicht. Also sucht er jemanden, ein Mädchen, das ihm gefällt oder ihm jedenfalls nicht missfällt. Bei dieser Suche hat er mich gefunden und macht mich nun zum Gegenstand seiner nicht vorhandenen Gefühle. Und ich? Ich lasse mir seine Aufmerksamkeit zwar gefallen, halte aber den guten Eric auf Distanz. Das ist wahrscheinlich ziemlich gemein; aber ich liebe ihn ja nicht und das weiß er auch. Ich habe nicht einmal Vertrauen zu ihm. Ich würde ihm nie von den wöchentlichen Aufnahmen erzählen, von meinen Visionen und Hoffnungen auf die Metamorphose, niemals. Er könnte es nicht verstehen, selbst wenn er es wollte. Er würde nur darüber spotten und Sprüche klopfen, etwa, dass die Steff sich dauernd fotografiere, weil sie glaube, schöner zu werden mit der Zeit oder jedenfalls anders.

Bea mag zwar Eric nicht besonders. Sie nennt ihn immer nur »dieses Zweieck« oder »diesen Halbschuh«, aber sie glaubt auch nicht an meinen Traum von der großen Liebe.

»Da kannst du lange warten«, sagte sie, »den findest du nie. Glaubst du etwa, dass mein Vater ein solcher Märchenprinz war? Trotzdem hat meine Mutter ihn geheiratet.«

»Und Micha?«, fragte ich, denke dabei aber nicht *Micha*, sondern *Chris*, »was ist mit Micha?«

»Ja, natürlich, Micha, das ist etwas anderes«, sagte Bea langsam und sie sagte es so, als mache sie einen Punkt hinter dem letzten Wort, als sei mit diesem Satz alles gesagt. Sie kniff die Augen ein wenig zusammen, als suche sie in der Ferne Michas Bild.

Ich könnte natürlich an der Wand hinter der Kamera einen Spiegel anbringen und mich darin kontrollieren. Vielleicht ließen sich sogar feine Marken einzeichnen oder kaum sichtbare Konturen, damit die Kopfhaltung immer dieselbe ist und die Bilder übereinander kopierbar sind. Leider wirkt das sofort viel steifer und gestellter und erinnert an die Selbstbildnisse der Paula Modersohn. Da sehen die großäugigen, ernsten Frauen auch so aus, als schmerze sie der Hals vom langen Stillsitzen und In-den-Spiegel-Starren.

Auf eine weitere Möglichkeit bin ich durch Bea gekommen, als wir uns gegenseitig schminken wollten. Ihre Mutter war irgendwo zu Besuch in der Stadt, jedenfalls nicht zu Hause. Bea zeigte mir den Schrank im Badezimmer, der gefüllt war mit Schönheitsutensilien, einer ganzen Batterie von Tiegeln und Töpfen, Stiften und Fläschchen; eine unwahrscheinliche Auswahl von zart getönten Wässerchen und Cremes. Alle miteinander konnten jedoch die Falten und das Altern nicht verhindern.

Bea malte sich einen riesigen blutroten Clownmund und einen roten Tupf auf die Nase, zog die Augenbrauen dunkel nach, dann sagte sie:

»Komm, wir schminken uns, aber richtig, nach allen Regeln der Kunst. Zuerst dich.«

Ich setzte mich auf den Badezimmerhocker und Bea begann mit Watte an meinem Gesicht herumzutupfen. Dann wurde es ihr in dem kleinen Badezimmer zu eng und wir schleppten das ganze Zeug ins Abstellzimmer, wo die Nähmaschine steht, das Bügelbrett und die Flickwäsche und auch ein alter Frisier- oder Rasierstuhl mit Halsstütze. Den hätten die Eltern einmal vom Flohmarkt angeschleppt, sagte Bea, und geglaubt einen eleganten Boudoirstuhl daraus zu machen. Seitdem stehe er hier, von elegant keine Spur, aber wie geschaffen zum Schminken. Man kann sich darin bequem zurücklehnen und die Stütze so einstellen, dass sie zwischen Hinterkopf und Nacken zu liegen kommt, was sofort ein Gefühl von wohliger Entspannung auslöst.

Ich musste die Augen schließen und Bea begann von neuem an meinem Gesicht herumzureiben. Sie massierte Creme ein, malte und wischte alles wieder weg, schimpfte, wenn meine Augenlider zuckten, beschwerte sich über die Nase, das Kinn und sagte, es sei bestimmt leichter, einen

Frosch zu schminken als mich. Dann wieder lobte sie ihr Werk, sagte, ich sähe schön aus, schön wie eine Diva. Mein eigener Schutzengel würde mich nicht mehr erkennen.

»Mein Schutzengel?«

»Na ja, warum nicht?«

»Glaubst du an Schutzengel?«

»Ich weiß nicht. Du?«

Ich wollte mich aufsetzen und die Augen öffnen; aber Bea hielt mich fest und drückte mit einem Pinsel oder mit einem anderen Instrument auf mein Augenlid.

»Bleib ruhig«, sagte sie, »du kannst auch mit geschlossenen Augen reden. Also, was ist, glaubst du daran?«

»Ich würde gern daran glauben.«

»Aber du tust es nicht?«

»Nicht so wie früher.«

»Logo, nichts ist mehr wie früher. Gar nichts mehr. Micha glaubt überhaupt nichts.«

»Nicht an Gott, meinst du?«

»Ja, er behauptet das bei jeder Gelegenheit.«

»Und du?«

»Ich glaube an Gott. Das tue ich wirklich. Aber nicht so krämerhaft, wie sie das einem unterjubeln. Ganz anders. Größer. Schöner. Mächtiger.«

»Und was ist mit den Konzentrationslagern, in denen die Menschen wie Ungeziefer getötet wurden? Was ist mit all den Kriegen, mit der Atombombe? Was ist mit Krankheiten, an denen schon kleine Kinder sterben? Ist das ein Gott, der sich alles aus seiner göttlichen Distanz ansieht und nicht hilft? Erbarmungslos zusieht?«

»Ja«, sagte Bea, »ja. Er ist eben kein Bitte-lieber-Gott,

Danke-lieber-Gott. Er ist ein Gott-Gott. Wir können ihn nicht verstehen. Wenn wir es könnten, wäre er nicht Gott. Er ist aber Gott.«

Ich wollte jetzt endlich die Augen aufmachen, um zu sehen, ob Bea es ernst meinte oder ob sie eine Rolle spielte. Ihre Stimme klang irgendwie pathetisch.

»Könnten wir nicht aufhören mit der Schminkerei?«, bat ich. »Meine Augen brennen wie Feuer. Wenn du so weitermachst, bin ich am Ende blind.«

»Ach so«, sagte Bea ungerührt, »ich dachte, du seist wieder einmal tief gerührt und schwimmst in Tränen.«

Schließlich durfte ich die Augen aufmachen und Beas Kunstwerk bewundern. Von mir war fast nichts mehr vorhanden; höchstens die Nase erinnerte noch an mein altes Gesicht. Ich sah wie ein blau-grün schimmernder Basilisk aus. Große, exotische Gehänge baumelten an meinen Ohren und läuteten leise bei jeder Bewegung. Bea hatte mir etwa ein Dutzend kleiner Zöpfchen geflochten und diese mit farbigen Perlen durchsetzt.

Ich müsse mich in dieser Aufmachung fotografieren, verlangte Bea, und die Bilder in die Dokumentation einreihen. Das gäbe endlich ein wenig Abwechslung in dem tödlichen Einerlei der immer gleichen Bilder.

Tante Ellen starrte mich an wie eine Erscheinung, als sie uns die Tür öffnete, und fragte ganz verwirrt, ob dies jetzt das Neueste sei.

»Letzter Schrei aus Paris«, sagte Bea freundlich, »gefällt Ihnen Stephanie so?«

Tante Ellen sah uns kopfschüttelnd nach und meinte, dass wir zwei immer verrückter würden.

Während ich alles für die Aufnahmen fertig machte, setzte sich Bea auf den Boden, schlug ein Buch auf, las darin, schüttelte den Kopf, sagte sie:

»Hast du das gelesen, Steff? Hör mal zu.« Sie las ein Stück aus einer Kaschnitzgeschichte vor, brach ab, begann noch einmal von vorn und las die ganze Erzählung, die ich zwar kannte, die ich mir aber gerne noch einmal vorlesen ließ.

Bea liest zwar unwahrscheinlich theatralisch mit stark rollendem Bühnen-R, weil sie ja Schauspielerin werden will; aber sie liest auch sehr gut, sie legt lange Pausen ein oder flüstert nur noch und bringt es sogar fertig, dass ihre Stimme brüchig wird oder dass sie zittert. In der Zwischenzeit fotografierte ich mich, vergaß meine Bemalung, hörte nur noch zu, wie sich das dicke Kind mit den Schlittschuhen auf den gefrorenen Weiher hinauswagt und im eisigen Wasser einbricht.

Wir lasen einander den ganzen Nachmittag abwechselnd vor. Wir vergaßen, Bea zu schminken, vergaßen natürlich auch, bei Bea zu Hause das Abstellzimmer aufzuräumen und die Schminkutensilien zurückzubringen.

»Die Geschichten sind super«, sagte Bea, »wirklich super. Mir gefallen die Verrücktheiten darin, das Unheimliche und das Phantastische.«

»Mir auch«, sagte ich, »es sind meine Lieblingsgeschichten. Aber Bea, wenn dir die Kaschnitzgeschichten wirklich so gut gefallen, wie du sagst, dann verstehe ich nicht, warum du die wöchentliche Fotografiererei so absurd findest. Es könnte durchaus eine Kaschnitzidee sein, den Film des Lebens zu machen.«

»Vielleicht«, sagte Bea und dachte nach, »vielleicht. Ich mag tatsächlich Verrücktheiten; aber nicht an meiner Freundin. Mit ihr darüber zu lesen und darüber zu reden, das finde ich spannend. Zusammen mit ihr. Nicht über sie.«

»Bea, es ist keine Verrücktheit. Ich bin doch selber das dicke Kind, das der schönen Schwester aufs Eis hinaus folgt. Ich bin auch die Eifersüchtige und die Schüchterne. Auch der große, schreiende Vogel, vielleicht der Totenvogel, ist mir ganz vertraut. Verstehst du das denn nicht? Es ist auch meine Welt, die hier beschrieben wird und die mich darum so anzieht.«

»Ach komm«, sagte Bea, »gib nicht so an, sing nicht so hoch. Ich weiß ja, dass du ein wenig spinnst. Aber du spinnst auf eine nette Art. Ehrenwort.«

Ich hätte gerne mit Bea anders darüber gesprochen, ernsthafter. Aber sie wollte nicht. Plötzlich hat sie jeweils genug von einer Diskussion und zieht alles ins Lächerliche. Dagegen komme ich nicht an; das kann ich nicht ändern, denn Bea ist es schließlich, die unsere Freundschaft diktiert.

»Komm«, sagte sie und streckte sich, »ich bin ganz kribbelig vom langen Sitzen. Ich muss mich unbedingt bewegen. Komm, wir lassen den ganzen Kram, wie er ist, und fahren zum Pulverturm hinaus.«

L

Wunderohren

Keine Frage, man könnte die Ohren ohne weiteres beim wöchentlichen Fotografieren übergehen; es kommt ihnen keine Bedeutung zu. Man sieht sie nicht auf den Bildern, höchstens das Ohrläppchen. Ich sorge immer dafür, dass sie möglichst ganz von den Haaren verdeckt sind. Ihr Anblick ist wirklich unerfreulich. Sie sind zu groß und fleischig und die Ohrmuscheln wirken wie lieblos angesetzte Henkel von billigen Wasserkrügen. Das gilt vor allem für das rechte Ohr, das Vaterohr. Es sieht aus, als gehöre es gar nicht zu mir, als sei es mir aus Versehen eingepflanzt worden, als stamme es aus einer falschen Genkette. Wobei es eigentlich ein großes Glück ist, nur das eine falsche Ohr bekommen zu haben; es sind da ganz andere Verwechslungen vorstellbar. Nicht auszudenken, was mit verwechselten Genen alles schief gehen könnte.

Die großen Ohren stören auch nicht weiter; nur kommen gewisse kurze Haarschnitte wie die Igelfrisur nicht in Frage.

»Unsinn«, sagt Bea, »man muss seine schwachen Stellen betonen.« Große Ohren würde sie mit riesigen Klipps oder mit langen Ohrgehängen schmücken. Bei kleinen, zarten Ohren habe man ohnehin immer das Gefühl, sie würden von den schweren Klunkern heruntergerissen.

Im Übrigen, behauptet Bea, hätten viele Menschen unterschiedliche Ohren, verschieden geformte Hände und Füße. Bei manchen sei sogar eine Gesichtshälfte anders als die andere. Ob ich noch nie bemerkt hätte, wie Ines bemüht sei, sich so zu drehen oder ins Bild zu bringen, dass immer ihre rechte Gesichtshälfte zu sehen ist.

»Ines? Hat Ines zwei unterschiedliche Gesichtshälften?«

»Wahrscheinlich findet sie das; oder jemand hat ihr diesen Floh ins Ohr gesetzt.«

Mir wäre das zu anstrengend, immer an mein Riesenohr zu denken und es von den Leuten weg auf die Leeseite zu drehen. Sollen doch die Haare das Ärgernis zudecken. Hauptsache, die Ohren hören gut.

Leider sind sie nicht allzu musikalisch, jedenfalls sind sie weit vom absoluten Musikgehör entfernt. Ich könnte niemals ein Saiteninstrument ohne Hilfsmittel stimmen; aber sie haben wenigstens, ähnlich wie die Nase, ein ausgezeichnetes Gedächtnis. Sie unterscheiden tausenderlei Schattierungen von Geräuschen, Klängen und Tönen, die ebenso zu Erinnerungen und Bildern gehören wie Farben, Formen und Düfte.

Noch immer höre ich das Singen und Sausen des Windes auf der Alp Preda, wie Sphärenmusik, und erinnere mich an die unheimlichen Nachtgeräusche dort oben, das Schleichen und Knacken, Wispern und Schleifen.

Ich habe auch noch ganz deutlich Großmutters leise, ein wenig brüchige Stimme im Ohr, ihre alemannisch gefärbten Umlaute, und wie sie sagte: »Stephanie, Liebes.« Sie sagte es ganz anders als alle anderen.

Mutter behauptet sogar, meine Ohren hörten das Gras wachsen. Das ist nicht einmal sehr übertrieben; sie hören tatsächlich Unhörbares, Angedeutetes oder sogar nur Gedachtes. Sie verstehen Zwischentöne, die nicht für sie bestimmt sind. Sie hören das leise Nein, auch wenn die Stimme Ja sagt. Sie hören das Zögern heraus, die unausgesprochene Ablehnung, die Kritik.

»Alles Einbildung«, sagt Bea. »Woher willst du das wissen? Was nicht gesagt ist, kann auch nicht beim Wort genommen werden. Du redest dir ein, Sandra möge dich nicht mehr; also hörst du es zwischen den Zeilen. Ganz deutlich hörst du es. Und Isa sei eine Antisemitin. Das weißt du auf Grund deiner medialen Fähigkeiten. Damit fällst du ein Fehlurteil nach dem andern.«

»Hab ich recht gehört? Hast du Fehlurteil gesagt? Wie urteilst denn du? Immer streng nach Fakten?«

»Immer.«

»Du lieber Gott, Bea; und was ist mit Pete und seinem Diplomatenköfferchen?«

»Was soll schon sein? Er ist ein Streber, keine Frage.«

»Halt, Fehlurteil. Pete hat das Diplomatendings von Evi bekommen und schleppt es als Liebesbeweis mit sich herum.«

»Ach Steff, das hast du jetzt gerade erfunden, nur um Recht zu haben.«

»Überhaupt nicht erfunden. Pete hat es im Zug erzählt, als sie ihn mit seinem Case aufzogen. Und Isa, gib es zu, Isa kannst du auch nicht leiden. Warum eigentlich nicht?«

»Ach, Isa ist ein Biest; das ist alles.«

»Nein, das ist nicht alles. Du kannst sie nicht leiden, weil sie so ordentlich ist; sauberes Blüschen, schneeweiße Turnschuhe, Haare gewaschen, Aufgaben gemacht.«

Bea lacht: »Klar, genau darum.«

»Irrtum; sie könnte ja ordentlich und trotzdem nett sein.«

»Logo, könnte sie. Ist es aber nicht. Wo ist da das Fehlurteil?«

»Vielleicht ist Isa gar nicht so ordentlich, wie wir denken. Vielleicht ist es ihre Mutter, die wie verrückt wäscht und bügelt und die Turnschuhe weiß anstreicht...«

»... und die Aufgaben macht.«

»Lieber Gott, ich danke dir, dass die liebe Bea immer Recht hat.«

»Dafür kannst du deinem Herrgott wirklich dankbar sein, du mit deinen Wunderohren.«

Sandras Mutter würde meine Ohren bestimmt ganz anders bezeichnen, auf gar keinen Fall als wunderbar. Sie ist damals buchstäblich aus der Haut gefahren, als Sandra und ich den Schubert übten. Die Sonatine war zu schwer für uns, keine Frage; das hatten wir auch gemerkt. Besonders der vierte Satz, das Allegro, war eine Katastrophe, die reine Katzenmusik. Aber erstens hatten wir geglaubt, wir seien allein im Haus (andernfalls hätten wir gar nicht damit angefangen), und dann war es wirklich das erste Mal, dass wir das Stück zusammen spielten. Und geübt hatte ich auch nicht, nie, nicht ein einziges Mal.

Da sprang plötzlich die Tür auf und Sandras Mutter kam wie eine Furie ins Zimmer gestürzt. Sie hielt sich die Ohren zu und behauptete, es sei ein Verbrechen, wie wir das Stück verhunzten. Schubert würde sich im Grab umdrehen bei dieser Musik.

»Hast du noch nie etwas von *fis* gehört?«, fuhr sie mich an. »Und der Rhythmus, was habt ihr nur mit dem Rhythmus angestellt? – Rück zur Seite«, sagte sie zu mir, setzte sich ans Klavier und spielte die Stelle, über die wir immer gestolpert waren. Sie zählte dabei laut und zuckte mit dem Kopf den Takt dazu.

Ich weiß nicht, ob Schubert über ihre Art zu spielen begeistert gewesen wäre. Mir jedenfalls hat es die ganze Freude genommen. Sandra und ich haben nie mehr zusammen gespielt; gespielt habe ich danach lange Zeit überhaupt nicht mehr, und schon gar nicht Schubert.

Dabei hätte es ein Anfang sein können. Wir hatten uns vorgenommen, jeden Tag mindestens eine halbe Stunde zu üben und einmal wöchentlich zusammen zu spielen. Es ist denkbar, dass wir es mit der Zeit geschafft hätten.

Ich hatte mich schon am Klavier sitzen und mit Schubert unterhalten sehen, leicht und unverkrampft, in seiner wunderbaren Sprache. Ich verstehe gut, was er sagt und wie er es sagt, nur antworten kann ich ihm nicht auf seine Art.

Bea hat ein ganz anderes Verhältnis zur Musik als ich.

»Ein ganzheitlicheres«, sagt sie. Es geht ihr nicht darum, einen Komponisten so zu kennen, wie ich glaube Schubert zu kennen. Bea will ganz in die Musik eintauchen; sie lässt sich voll laufen mit Musik. Wenn irgendwo ein flippiger Sound zu hören ist, fühlt Bea sich angerufen. Sie steht auf wie in Trance, bewegt vorerst die Hände, vielleicht sogar nur die Finger, sie wiegt sich ein wenig dazu; die Beine folgen, die Füße, der Kopf; und Bea fährt ab auf den Sound und ist weg, nicht mehr zu erreichen.

Sie ist jetzt nur noch Musik und Rhythmus und stellt dar, was sie empfindet. Sie spielt und inszeniert es mit Händen und Füßen, mit ihrem ganzen Körper. Micha erlebt Musik wahrscheinlich ähnlich. Er tanzt manchmal mit geschlossenen Augen fast synchron mit Bea. Er umkreist sie, verlässt sie, schlägt einen eigenen Weg ein und kommt wieder zurück zu ihr. Die beiden tanzen so hingegeben, so selbstvergessen, als gäbe es nur sie zwei, die Musik und sonst nichts auf der Welt.

Seltsamerweise haben Chris und ich nie über Musik gesprochen. Ich weiß darum auch nicht, ob er gerne tanzt, ob er in Discos geht und dort auch so völlig auf einen Sound abfährt wie Bea.

Seit Micha in Andys Rockgruppe mitmacht, geht Bea abends oft mit in den Schuppen. Sie setzt sich vorerst hinten an die Wand zu den anderen Fans; aber meist nicht für lange. Es ist unmöglich, diesem lauten Hämmern und Dröhnen nur zuzuhören. Man muss aufspringen und sich dazu bewegen und den Druck ausgleichen, der auf die Ohren knallt.

Für mich ist das zu laut, zu grell; ich halte das gar nicht aus. Diese Musik kommt mir wie ein gewaltiges Unwetter vor, das über mich hereinbricht. So muss es im Auge des Taifuns sein.

Bea lacht: »Du musst loslassen, Steff. Nichts denken. Nichts wollen. Nichts machen. Dich der Musik anvertrauen. Die Musik machen lassen.«

»Ich kann nicht, Bea. Die Musik erschlägt mich.«

»Dann hat es keinen Sinn, Steff. Dann lass es.«

Vom Neinsagen

Dass das Kinn bei der Einschätzung eines Gesichts oder bei dessen Veränderung eine Rolle spielen könnte, war mir am Anfang überhaupt nicht bewusst. Erst als Tante Ellen von Nachbars Fabian erzählte, den sie lange nicht mehr gesehen hatte, weil er irgendwo im Ausland studierte, erst da wurde ich darauf aufmerksam.

»Was für ein hübscher Junge der Fabian doch geworden ist«, sagte sie, »und so tüchtig. Er soll ein gutes Examen gemacht haben, sagt seine Mutter. Das wundert mich nicht; man sieht ihm die Energie und die Kraft geradezu an.«

»Woran siehst du das denn, Tante Ellen?«

»Ach, das ist keine Kunst mit diesem gut geformten, dominierenden Kinn«, sagte sie, »ein solch markantes Kinn ist immer ein Zeichen von Willen und Ausdauer.«

Eigentlich habe ich Tante Ellens seltsame Ansichten und Ratschläge nie ganz ernst genommen. Sie weiß immer und für alle Lebenslagen etwas. Sie weiß, dass man nach dem Genuss von Kirschen kein Wasser trinken darf; dass die

Betten erst in einem Monat ohne R an die Sonne zu legen sind; dass man Bohnen bei zunehmendem und Zwiebeln bei abnehmendem Mond pflanzt.

Tante Ellen ist ein wandelnder Vorrat von solchen Weisheiten. Eine hohe Stirn ist für sie eine Denkerstirn und ein ausgeprägter Hinterkopf ist ein untrügliches Zeichen für Musikalität. Nun hat sie also auch im Kinn eine tiefere Bedeutung gefunden. Es ist für sie Zeichen der Stärke oder Zeichen der Schwäche.

Ich habe daraufhin mein eigenes Kinn näher betrachtet. Es ist ganz unauffällig, eher klein, keineswegs vorspringend; aber auch nicht fließend. Es läuft in schmale, nicht dominierende Kieferknochen aus. Ich bin nicht sicher, ob man dem Kinn ansieht, dass ich ziemlich lange Daumen gelutscht habe. Wahrscheinlich ist eher der Oberkiefer davon geprägt. Trotz der ekelhaften Zahnspange ist er etwas vorspringend geblieben.

Wenn ich den Kopf senke, ahnt man schon die Andeutung eines Doppelkinns. Natürlich noch kein so pelikanhaftes wie das von Frau Halter; aber die Anlage ist deutlich vorhanden.

Mit diesem kleinen bescheidenen Kinn sieht man mir wahrscheinlich auf den ersten Blick an, dass ich nicht Nein sagen kann und auch dass ich Mühe habe, mich durchzusetzen.

Wenn Bea zu etwas keine Lust hat, dann sagt sie einfach: »Macht, was ihr wollt; aber ohne mich.«

Wenn ich zu etwas keine Lust habe, dann sage ich vielleicht dasselbe; aber am Ende lasse ich mich doch erweichen oder überreden oder überzeugen und mache das, wofür ich keine Zeit oder keine Lust habe. Todsicher. Angefangen bei Tante Ellens vielfältigen Aufträgen:

»Stephanie, Liebes, könntest du nicht dieses schwere Paket mit dem Rad zur Post bringen? Und die Schuhe sollten längst schon zum Schuhmacher.«

Stephanie, Liebling, könntest du, würdest du, wärst du so freundlich…

Und die liebe Stephanie rennt, holt, bringt und geht; mürrisch zwar und widerborstig; aber sie macht, was man von ihr verlangt.

Bea würde das nie passieren. Sie könnte sich solcher Aufträge mühelos erwehren. Sie würde einfach eine betrübte Miene aufsetzen und sagen, dass es ihr schrecklich Leid täte, dass sie alles mit dem größten Vergnügen erledigen würde, wenn sie nur die Zeit dazu hätte, wirklich. Aber sie habe keine freie Minute. Sie müsse schuften wie ein Sklave. Und Tante Ellen wäre bestimmt tief gerührt über so viel guten Willen und würde die arme Bea bemitleiden, das liebe Kind, das so eingespannt ist; während sie sich über mich und meine Bockigkeit und meinen Unwillen dauernd beschwert.

Die Kleidersammlung für die frierenden Rumänen ist ein weiteres Beispiel dafür, wie sich bei uns eine Sache oft entwickelt. Die ganze Klasse stand voll hinter der Idee und fand die Hilfsaktion dringend nötig. Warme Kleider sind schließlich in vielen Haushalten im Überfluss vorhanden. Man braucht sie nur zu sammeln, zu sortieren, in Säcke zu verpacken und einen Transport nach Rumänien zu organisieren.

Einen ganzen freien Nachmittag lang haben wir alles genau besprochen und aufgeschrieben. Es wurde bestimmt, wer das Flugblatt und den Artikel für die Zeitung zu schreiben habe; wo die Kleider gesammelt werden sollten, wer für die Säcke verantwortlich sei und, das Wichtigste, wie die Kleider nach Rumänien kommen würden und wer sie dort verteilen sollte. Es schien uns alles ganz einfach zu sein und wir waren stolz darauf, vor Weihnachten etwas wirklich Sinnvolles zu machen.

Aber die Schwierigkeiten häuften sich bald in unvorstellbarem Maße. Bis wir nur eine Verteiladresse in Rumänien hatten! Und dann der Transport; er kostete ein Vermögen und benötigte außerdem eine Bewilligung. Inzwischen türmten sich die gespendeten Kleider zu Bergen. Viele waren warm und schön und auch gut erhalten, andere jedoch völlig unbrauchbar, alt und zerrissen und mussten aussortiert werden. Aber niemand hatte Zeit dafür. Andrea war voll beschäftigt mit ihren Ballettstunden, Ines musste zum Leichtathletiktraining, Micha spielte in der Gruppe, Bea hatte keine Lust und Ruth war krank. Lorenz half ein wenig und auch Eric; aber den ganzen Rest machten Mutter, Tante Ellen und ich. Ich rannte tausendmal zum Konsulat und zu einem Transportunternehmer, der die Säcke quasi um Gottes Lohn nach Rumänien bringen wollte; aber auch dieser Gotteslohn war eine ganze Menge Geld und Geld hatten wir keines.

Die Sache wuchs mir haushoch über den Kopf. Wenn sich am Ende mein Vater nicht eingeschaltet hätte, wäre ich wahrscheinlich heulend auf den Kleidersäcken sitzen geblieben. Er hat mit der Bahnverwaltung verhandelt und es fertig gebracht, dass die Kleider unentgeltlich, als Liebesgaben, nach Rumänien geschickt werden konnten. Außerdem hat er tausendmal mit der Verteilorganisation in Rumänien telefoniert, bis auch das klappte. Erst dann konnten wir die Säcke zubinden und mit Adressen versehen. Ein letzter Sack wurde mit Süßigkeiten gefüllt, die wir von allen Seiten erhalten hatten: Schokolade, Nüsse, Gebäck und Orangen.

Eine Woche vor Weihnachten kamen dann alle zum Bahnhof, die ganze Klasse, und halfen die Säcke in den Güterwagen zu laden. Micha hat mit der Gruppe gespielt, dass es in der hohen Halle nur so fetzte. Die Kleider wurden mit großem Hallo verabschiedet, als wären sie ein Stück von uns. Jede und jeder war überzeugt davon, ein gutes Werk vollbracht zu haben. Und das hatten wir ja auch.

Das Interview, das ein Zeitungsmensch von der Aktion haben wollte, gab natürlich Bea. Mit Foto!

Ich aber weiß seit damals, dass bei solchen Arbeiten und Aktionen immer Leute mit kleinem, unbedeutendem Kinn nötig sind, nützliche Idioten, die nicht Nein sagen können.

Kleider und Klamotten

Für mich sind Kleider unheimlich wichtig; viel wichtiger wahrscheinlich als für Bea, Ginger und Ines.

Bea kauft sich fast alles in der Brockenstube oder im Secondhandshop. Es kommt ihr gar nicht so sehr darauf an, was es ist, nur originell muss es sein. Sie ist vor allem ständig auf der Jagd nach ausgefallenen Westen, besonders Herrenwesten mit kunstseidenem Rückenteil. Aber sie kauft auch winzige Bolerojäckchen ohne Knöpfe und Gammelwesten aus verwaschenem, zerschlissenem Jeansstoff. Ihr bestes Stück ist jedoch die phantastische Allerleihrauweste, die aus vielen kleinen verschiedenartigen und verschiedenfarbigen Pelzstückchen zusammengesetzt ist. Wahrscheinlich gehörte sie einmal einem Golddigger oder einem Großwildjäger. Die Weste ist von großartiger, unbeschreiblicher Hässlichkeit. Sie sieht wie ein räudiges Hundefell aus; aber Bea liebt sie und trägt sie wie den feinsten Pelzmantel während des ganzen Winters.

Für das Fest bei Ines hat sich Bea in den blauen Wohnzimmervorhang gewickelt. Ich musste den Stoff mit ein paar Stichen an ihr festnähen und fertig war das Partykleid. Sie hat sich die Vorhangschnur ein paar Mal als Stirnband um den Kopf gebunden und die riesige Quaste in ihren Ohrring eingehakt. Bea sah großartig aus in dem Vorhangkleid, exotisch wie die Königin von Saba. Dem Vorhang ist der Rollenwechsel zum Partykleid weniger gut bekommen; es wurde irgendetwas darauf verschüttet, Orangensaft oder Cola; jedenfalls ließen sich die Spuren nicht mehr daraus entfernen. Seither werden die Vorhänge in Kramers Wohnzimmer nicht mehr zugezogen, damit der Fleck in den Falten verborgen bleibt. Und eine Quaste hat die Vorhangschnur auch nicht mehr; Bea hat sie unterwegs irgendwo verloren. Aber Vorhangschnüre, dazu noch mit Quasten, sagt Bea, stammten ohnehin aus der jüngeren Steinzeit.

Obwohl Bea und ich kaum unterschiedlicher gekleidet sein könnten, behauptet Mutter bei jeder Gelegenheit, die Jungen sähen heutzutage alle gleich aus; wir hätten eine Uniform an: Bluejeans, T-Shirts und Turnschuhe.

Mir ist es rätselhaft, wie Mutter einen solch strahlenden Unsinn vertreten kann. Als ob Gingers zarte, pastellfarbene Shirts, die genau auf die Jeans oder die Bermudas abgestimmt sind, irgendwie vergleichbar wären mit den Klamotten, die sich Andrea und Ines zusammenstellen. Für sie kann es nicht bunt und nicht wild genug zugehen. Sie wählen absichtlich ein kariertes Hemd zu einer grell geblümten Hose und tauschen womöglich noch die Schuhe, sodass jede eine Sandalette und einen Turnschuh trägt. Einfach so, zum Spaß.

Neben diesen zwei Wilden sieht Isa wie das Reklamegirl für ein Feinwaschmittel aus: jung und frisch und ganz, ganz sauber. Es würde mich nicht erstaunen, wenn selbst ihre Slips und Socken gestärkt und gebügelt wären. Kein Wunder, dass mir Isa daheim als Vorbild hingestellt wird, so ordentlich, so gut erzogen, so fleißig, so sauber.

Früher, sagt Mutter, zu ihrer Zeit, sei man stolz darauf gewesen, einen persönlichen unverwechselbaren Kleiderstil zu haben; und sie glaubt sich das. Wenn ich allerdings die alten Fotografien aus Mutters Schulzeit ansehe, ihre Freundinnen alle in hellen Blusen und karierten Faltenröcken, alle mit derselben entsetzlichen Dauerwelle, dann kommen mir Zweifel an dieser Individualität. Der Verdacht bestätigt sich wieder einmal, dass alte Leute ihre Jugendzeit kritiklos in goldenem Licht sehen.

Ich könnte Mutter beweisen, dass Ginger zum Beispiel tatsächlich einen persönlichen Kleiderstil hat, einen teuren vermutlich. Sie trägt immer schöne, gut geschnittene Sachen in hellen, zarten Unifarben, oft Ton in Ton, alles zusammenpassend und aufeinander abgestimmt.

Ich selber habe leider keinen eigenen Kleiderstil. Mir gefallen zwar Beas seltsame Klamotten, ihre Westen und Stirnbänder und ihre großen Ohrringe; aber zu mir passen sie nicht. Ich komme mir damit verkleidet vor. Mir gefallen auch Gingers edle Pastellfarben und Andreas wilde Farbkakophonien. Mir gefällt Pier Lucas lässige Eleganz und Michas Wurstigkeit. Ihm ist es völlig egal, was er anzieht. Vermutlich verschwendet er keinen einzigen Gedanken an Kleiderfragen; während ich viel darüber nachdenke und mich manchmal zweimal, dreimal am Tag umziehe. Ich probiere neue Kombinationen aus, ziehe heimlich Vaters Pullover an und Mutters Blusen. Am Ende schlüpfe ich jedoch immer wieder in mein altes Zeug, in die schwarze Hose und das schwarze Shirt.

Schwarz steht mir gut, finde ich; auch Weiß. Dazu trage ich immer ein paar farbige Tücher, die ich mehrmals um meinen langen, dünnen Hals schlinge und ihn so etwas abdecke. Viele der Tücher sind lila und pink, in meinen Lieblingsfarben. Es sind zum Teil selbst gefärbte Windeln oder einfach Stoffreste, die man für wenig Geld in den Läden erhält. Samt sieht sehr gut aus, auch Glitzerstoffe und vor allem Spitzen.

Keine Ahnung, wie Chris sich zu Kleidern stellt. Angezogen war er normal, mit T-Shirt, Bluejeans, nach Mutters Vorstellungen also in Uniform.

Zum Fotografieren trage ich eine weiße Bluse mit offenem Kragen; immer dieselbe, die Fotografierbluse. Ich hätte natürlich auch ein helles Shirt wählen können; aber da hätte sich das Problem mit dem mageren Hals wieder gestellt. Ein Tuch ist jedoch wegen der Einheitlichkeit der Fotografien nicht möglich. Ein Tuch wird jedes Mal anders geknüpft, anders geschlungen, einmal etwas fester, einmal etwas lockerer. Auf den Bildern würde es nie gleich aussehen. Zum Fotografieren ist darum die biedere weiße Bluse gerade richtig.

Auch auf Ohrstecker und Ohrringe verzichte ich beim Fotografieren. Ich trage sie ohnehin selten, während Bea sagt, ohne Ohrschmuck fühle sie sich nackt, buchstäblich nackt. Sie hat massenhaft Ohrringe und Ohrgehänge in allen nur denkbaren Materialien, Größen, Farben und Formen. Die meisten sind selbst gebastelt, aus Muscheln und Perlen, aus Metall, Ton, Holz und Plastik. Ziemlich lange Zeit hat Bea einen kleinen grünen Papagei, den Coco, als Ohrgehänge getragen. Er schaukelte auf seinem Stängelchen bei jeder Kopfbewegung hin und her und Bea hat sich laufend mit ihm unterhalten:

»In Mathe haben wir die Schmerzgrenze erreicht, Coco. Sollen wir strebern, was meinst du? Du sagst Nein? Gut, warten wir ab, was dem Mufti dazu einfällt.«

Sie fragte Coco, ob er ein Eis wolle oder lieber eine Cola. Sie fragte ihn, ob wir wirklich noch länger auf Micha warten oder ohne ihn ins Kino gehen sollten.

Später hat sie Coco verloren und war untröstlich darüber. Wir haben alles nach ihm abgesucht, das Haus, die Schule, die Straße. Wir haben sogar einen Suchzettel auf dem Fundbüro im Bahnhof ausgefüllt:

Verloren: Ohrring, grüner hölzerner Papagei. Hört auf den Namen Coco. Abzugeben gegen großen Finderlohn bei Bea Kramer.

Aber Coco tauchte nicht wieder auf. Ich habe damals die Läden durchstreift, um für Beas Geburtstag einen ähnlichen Papagei aufzustöbern. Alle nur möglichen Tiere sind in Form von Ohrsteckern, Ohrringen oder Ohrgehängen zu haben, Katzen und Hunde, Kühe und Pferde, Vögel, Käfer und Schlangen, aber ich fand keinen einzigen Papagei.

Da entschloss ich mich zu einem anderen Geschenk. Ich

strickte ihr ein Paar Pulswärmer aus vielen verschiedenen Materialien; aus Wolle und Garn, aus Silberfäden und Seidenbändern in allen mir erreichbaren Blautönen. Die Pulswärmer sehen großartig aus, das muss ich selbst sagen: wie breite, dekorative Armspangen. Bea hat sie sogleich angezogen, mitten im Sommer, bei kochender Hitze. Seither trägt sie sie ununterbrochen, das heißt nur einen davon, den anderen hat Micha bekommen. Er trägt ihn auch am linken Arm wie ich den meinen; denn Bea hat einen dritten, ganz ähnlichen, für mich gestrickt. Mein Pulswärmer ist von den andern beiden kaum zu unterscheiden. Sie hatten mich also doch nicht ausgeschlossen, Bea und Micha. Ich gehörte weiter zu ihnen.

Das Sonntagsritual

Bea kann die Sonntage nicht ausstehen. An den Sonntagen, sagt sie, wird sie ganz schwermütig. Die gestylten Leute auf der Straße, die Stille und die Langeweile machen sie fix und fertig.

Darum putzt Bea meistens am Sonntag ihr Zimmer oder sie färbt Kleider oder klopft wie verrückt an dem Sandsteinblock herum, den sie neuerdings im Garten stehen hat und aus dem sie ein Doppelgesicht herausholen will, ein lachendes und ein trauriges, weinendes. Bis jetzt sieht man allerdings wenig davon.

Ich hingegen habe nichts gegen die Sonntage einzuwenden und gegen den Sonntagmorgen schon gar nichts. Ich bleibe gern lange liegen zwischen Wachen und Träumen, in diesem herrlichen Zustand der Leichtigkeit, in dem alles möglich ist, Schönsein und Gutsein; die Freundschaft mit Bea ist möglich und auch mein Film über die Metamorphose. Mit etwas Glück lässt sich die Sonntagmorgenleichtigkeit über ihre Zeit hinaus festhalten; Vaters Pfeifen in der Küche gehört dazu oder Gabriela Ferris rauchige

Stimme, wenn es jemandem einfallen sollte, die alte Platte aufzulegen.

Selten sind wir vier so friedlich wie beim sonntäglichen Frühstück. Wir lassen einander leben, reden höflich miteinander wie entfernte Bekannte und wachsen so langsam in den Tag hinein; jeder in seinen eigenen.

Vater hat meistens ein paar Figuren auf dem Schachbrett stehen und versucht ein schwieriges Endspiel zu lösen. Mutter geht nach dem Frühstück oft durch den Garten, zupft ein wenig an den Pflanzen herum, nicht als ernsthafte Arbeit, nur so auf leichte, morgendliche Besucherart. Tante Ellen verschwindet auch jedes Mal gleich, um Briefe zu schreiben. Und ich gehe in mein Zimmer, überhöre etwaige Anzüglichkeiten, die immer noch gelegentlich über das Fotografieren gemacht werden. Ich schließe die Türe hinter mir und dann beginnt in ewig gleicher Reihenfolge das Sonntagsritual.

Zuerst wird alles Nötige in die Dokumentation eingetragen; wobei auch die Dokumentation einen langen Leidensweg hinter sich hat. In ihrer jetzigen Form ist sie Vater zu verdanken.

Am Anfang habe ich einfach Notizen auf lose Blätter gemacht und diese in einer Schachtel verwahrt. Dabei gingen immer wieder einzelne Seiten verloren oder wurden verlegt. Systematische Ordnung liegt mir nicht und war auch mit einer solchen Methode nicht möglich. Ich habe mir daraufhin ein Heft angeschafft, um die nötigen Angaben einzutragen. Ich schrieb auf, wie es sich gerade ergab, einmal lustig und ausführlich, dann wieder karg und nur in Stichworten, ein andermal tagebuchartig, über Gott und die Welt erzählend, und dabei vergaß ich womöglich, am Ende die technischen Angaben zu notieren oder das Datum.

Schließlich hat Vater mir gezeigt, wie man eine brauchbare Karte anlegt. Er ließ sich von mir die wiederkehrenden Angaben geben: Datum, Wetter, Zeit, Fabrikat, Filterwert des Films und die Belichtungszeit. Vater hat sich geradezu begeistert bei dieser Arbeit. Es hat ihm Spaß gemacht, eine funktionstüchtige Dokumentation zu planen. Wahrscheinlich hätte er am liebsten die ganze Sache in den Computer eingegeben und alles selbst in die Hand genommen. Seltsamerweise hat er dabei ganz vergessen, wie unsinnig er meine Idee des Fotografierens fand und wie sehr er sich immer darüber geärgert hat. Ich kann mir gut vorstellen, wie er später Mutter und Tante Ellen erklärt hat, dass die Sache doch noch eine gute Seite habe; weil ich jetzt endlich lerne, eine Arbeit systematisch anzugehen.

Wenn die Karteikarte ausgefüllt ist, ziehe ich mich um und tausche das Shirt oder den Pullover gegen die weiße Fotografierbluse. Dann bürste ich die Haare und kämme sie sorgfältig, möglichst immer auf die gleiche Art und Weise mit kurzem Scheitel links, Stirnfransen und bedeckten Ohren. Anschließend reibe ich die Lippen mit farbloser Creme ein.

Letzter Schritt ist die Bereitstellung der Kamera. Ich schraube den langen Selbstauslöser an der Zeiss-Ikon fest und stelle Stativ und Fotografierstuhl auf die eingeritzten Bodenmarken.

Der Stuhl steht neuerdings vor der kahlen weißen Wand und nicht mehr vor meinem Büchergestell, das ich mir als Hintergrund so schön gedacht hatte. Die Bücher wirkten viel zu unruhig; und dabei hätte ich so gerne Großvaters Bücher mit auf den Bildern gehabt. Er hat sie mir ausdrücklich in seinem Testament vermacht: »Die Bücher auf der rechten Seite des Bücherschranks sollen meiner Enkelin Stephanie gehören.«

Ich glaube, Großvater hat sie eigens für mich ausgewählt, solche, von denen er annahm, sie würden mich interessieren. Seine Märchenbücher gehören dazu, die ganze Sammlung, und auffallend viele Bücher, die von Frauen geschrieben wurden.

Das ist mir erst vor kurzem aufgefallen. Schriftstellerinnen sind darunter, deren Namen ich noch nie gehört habe. Gelesen habe ich die Bücher allerdings noch nicht; sie sind mein Notvorrat, der mich vor akutem Lesehunger bewahren wird.

Ich weiß nicht, ob ich mit Großvater über meine Idee der Metamorphose und des Fotografierens hätte sprechen können. Er war sehr geduldig und hätte mir sicher zugehört; er hätte auch versucht, mich zu verstehen. Aber die Sache an sich wäre auch ihm fremd geblieben; das denke ich schon. Seine Welt war eine ganz andere; sie war strenger, überblickbarer und auch einfacher. So ähnlich hat er es jedenfalls immer gesagt; und Verrücktheiten liebte er gar nicht. Aber zugehört hätte er mir sicher.

Schließlich setze ich mich auf den Fotografierstuhl und versuche locker auszusehen, normal auszusehen, einfach ruhig dazusitzen. Aber ich sitze natürlich verkrampft da, steif wie ein Stock mit umeinander geschlungenen Beinen; wahrscheinlich schiele ich sogar. Ich versuche Ablenkendes zu denken und denke doch nur, was ich nicht denken soll: locker sein, entspannt sein, natürlich sein. Erst als mir einfällt, dass Bea und ich am Nachmittag in der Dunkelkammer arbeiten wollen, löst sich die Starre und ich knipse schnell einmal, zweimal, dreimal. Damit ist es wieder einmal überstanden. Ich bin so erleichtert, so befreit, dass ich gleich noch ein viertes Mal knipse. Und diesmal habe ich das sichere Gefühl, die Aufnahme sei gelungen.

Die Fotografierbluse hat ihre Pflicht getan und wird in den Schrank zurückgehängt, die Zeiss-Ikon abmontiert, der Balg zurückgeschoben, der Selbstauslöser abgeschraubt und alles weggeräumt bis zum nächsten Sonntag.

Jetzt kommt die große sonntägliche Belohnung, die Lesezeit. Die lasse ich mir von niemandem und von nichts nehmen; von keinen Vorschlägen irgendwelcher Art, von keinen Schularbeiten, Telefonanrufen, Spaziergängen, von gar nichts. Ich nehme immer eine ganze Auswahl von Büchern mit aufs Bett, als ob ich mit diesem Vorrat in die Verbannung geschickt würde. Die Kaschnitzgeschichten sind dabei und das dünne Bändchen Hessegedichte. Lesen werde ich zwar etwas anderes, irgendeinen dicken Wälzer, eine Familiengeschichte oder einen Liebesroman; aber es ist immer gut, seine liebsten Freunde in der Nähe zu haben.

Zwischendurch mache ich Raubzüge in die Küche, um

Mundvorrat auf meine Leseinsel zu holen, Äpfel und Brot und etwas Gutes, Süßes, Schokolade oder so.

* * *

An jenem unvergesslichen Nachmittag im Spätsommer kam Bea mit einer Menge eigener Aufnahmen, die sie kopieren wollte. Wir verdunkelten die Waschküche, schraubten die grüne Birne ein und warteten, bis sich unsere Augen an das fahle Licht gewöhnt hatten und wir mit der Arbeit beginnen konnten. Bea hat ihre Aufnahmen bei einem Jazzfestival gemacht. Sie hat einzelne Gruppen fotografiert, Stars, Zuschauer, Tänzer und vor allem Micha, Micha von allen Seiten, zuhörend, tanzend, essend, schlafend. Jetzt kopierte sie die Bilder auf extrahartes Papier und wir sahen gespannt zu, wie sich in der Entwicklerschale langsam die Konturen herausbildeten; zuerst die dunkelsten Stellen, die Haare, die Bärte, die Augenhöhlen; dann folgten die schwächeren Schattierungen.

Beim leichten Schaukeln des Entwicklers schienen sich die Figuren zu bewegen: Die Musiker spielten, die Tänzer tanzten.

Immer wieder warteten wir gespannt auf den kurzen Moment, da die Figuren lebendig wurden, um dann schnell die Aufnahme herauszufischen, sie ins Unterbrecherbad zu tauchen, sie zu fixieren und zu wässern.

Bei meinen Aufnahmen war es natürlich weniger aufregend; zwar werden auch meine Gesichter für einen Augenblick lebendig. Der Mund scheint sich zu bewegen, die Augen werden sehend. Mich interessiert jedoch mehr die Qualität der Aufnahmen, ob wieder etwas schief gegangen ist, ob ich geschielt, die Augen zugedrückt oder mit den Lidern gezuckt habe.

»Steff, wir könnten ein Album machen für Micha, zu seinem Geburtstag. Was meinst du?«

»Wir?«, fragte ich.

»Natürlich! Du und ich. Wer sonst?«

»Ein Musikalbum? Meinst du das?«

»Logo, ein Musikalbum. Ich habe zwar nur an Fotografien gedacht; aber ein Musikalbum ist besser, viel besser. Spitze.«

»Wir könnten Michas Bild mit dem Sax als Titelblatt vergrößern.«

»Super, super.«

Und nun begannen wir noch einmal von vorn. Wir vergrößerten und vergrößerten, bis es nicht mehr weiterging, bis das Korn zu sehen war und Michas Kopf holzschnittartig, schwarz-weiß, aus dem Entwickler herauswuchs. Danach vergrößerten wir Michas Hand am Saxofon und noch ein paar andere Aufnahmen, von der Gruppe, von Zuhörern und ein Bild von Bea, wie sie mit geschlossenen Augen tanzt.

Im fahlen Dämmerlicht der Waschküche, beim Schaukeln der Entwicklerschale, kamen uns immer neue Ideen für das Album; wir würden Texte von Liedern und Gedichten zwischen die Bilder schreiben; vielleicht sogar eine ganze Geschichte aus dem Songbook und das Programm des Festivals einkleben und die Eintrittskarten, wenn sie sich noch finden ließen.

In der Waschküche war es heiß und stickig; alle gespannten Schnüre waren dicht behängt mit tropfenden Aufnahmen.

Dutzende von gleichen Gesichtern schaukelten neben Michas Kopf, Michas Händen, Michas Sax. Als wir endlich aufhörten und die Verdunkelungstücher von den Scheiben nahmen, fiel das Licht grell und stechend durch das kleine, ebenerdige Fenster. Draußen war Sommer und strahlendes Wetter.

»Komm«, sagte Bea und richtete sich stöhnend auf, »mir tut alles weh, der Kopf, der Nacken, der Rücken. Ich wusste gar nicht, wie viele Knochen einem auf einmal wehtun können. Los, wir machen einen Sprint zu den Sportplätzen hinauf.«

Chris

Wir rannten Denzlers Garten entlang und dann weiter den Berg hinauf. Ein Junge in buntem Joggingdress hatte uns eingeholt und lief neben uns her. »Hi«, rief er außer Atem, »hi!« Er überholte uns nicht, sondern blieb auf gleicher Höhe wie wir und rannte neben Bea her. Es war der Amerikaner, der mich kürzlich im Fotogeschäft bedient hatte. Irgendein Verwandter, Neffe oder so, vom Fotografen Rechsteiner.

Ich hatte damals wie gewohnt eine Schachtel Kopierpapier verlangt, weiß, hart, Format A6, Marke XJE.

»Ganze Box?«, fragte er.

Ich nickte. Natürlich ganze Box. Ich brauche ja so viel. Er wollte wissen, was ich damit mache, alles in gleicher Qualität und gleichem Format. Darüber kamen wir ins Gespräch.

Schließlich erzählte ich dem wildfremden Typ in unserem entsetzlichen Schulenglisch von meiner Fotografiererei; was ich damit wollte, was ich mir davon erhoffte. Über diese Geschwätzigkeit habe ich mich später auf dem Heimweg fürchterlich geärgert. Aber der Amerikaner (oder was immer er war, damals wusste ich das nicht so genau) tat so interessiert. Er stellte clevere Fragen, nicht aus Höflichkeit, wie mir schien, sondern aus technischem Interesse. Er konnte sich offenbar das Ganze vorstellen und fand die Idee überhaupt nicht verrückt.

Er fragte, wie ich den Film schließlich machen wolle, wie viele Kopien pro Bild, auf Video oder Super 8. Das hingegen konnte ich leider nicht beantworten, weil ich es ja selber noch nicht weiß. Darauf gab er mir eine Menge Ratschläge. Er sprach immer schneller und schneller und sein Englisch wurde mir immer unverständlicher. Ich kapierte überhaupt nichts mehr davon. Schließlich rief ich: »Halt, Bahnhof, halt«, was er wiederum nicht verstand; worauf wir beide in Gelächter ausbrachen.

»Woher kennst du den Typ?«, fragte Bea misstrauisch.

»Vom Fotogeschäft. Ich habe Papier bei ihm gekauft.«

»How's your foto-business?«, fragte da der Junge; wie es mit der Fotografiererei gehe.

»Hast du dem alles erzählt?«, schnappte Bea. »Und mir hast du verboten, darüber zu sprechen.«

»Bea, ich kenne den Typ kaum. Wir hatten ein technisches Gespräch, wobei er mir ein paar Ratschläge gab. Er scheint vom Fotografieren etwas zu verstehen.«

»Klaro«, sagte Bea, »ein technisches Gespräch, genau so sieht ein technischer Berater aus.« Dann wandte sie sich dem Jungen zu, schenkte ihm ihr strahlendstes Lächeln und sagte, sie heiße Bea und wer er denn sei.

»Chris«, sagte er, Chris und irgendetwas Unverständliches. Er sei siebzehn Jahre alt und komme aus den Staaten, aus dem Norden, aus Buffalo am Eriesee; aus einer Stadt, die jedoch nicht so bekannt sei.

»John Maynard«, schrien wir beide wie aus einem Mund.

Chris blieb stehen und sah uns erstaunt an: »John who?«, fragte er.

Wir brachen in unser gackerndes Gelächter aus und erzählten, einander immer wieder ins Wort fallend, von dem Gedicht, das wir kürzlich in der Schule gelesen hatten, vom Steuermann John Maynard, der alle Passagiere gerettet hatte, selbst aber mit seinem brennenden Schiff untergegangen war, fünf Minuten vor Buffalo.

Chris verstand wahrscheinlich kein Wort davon; aber er lachte gutmütig mit und sagte: »I see.« Dann wandte er sich an mich: »Und wer bist du? Wie heißt du?«

»Siehst du nun, Bea; er weiß nicht einmal meinen Namen. Bist du jetzt zufrieden?«

Aber sie knurrte nur, dass ich ihm alles erzählt hätte, die ganze heilige Geschichte.

»Weil niemand sie hören will, darum. Da ist man schließlich auf Fremde angewiesen.«

Bea schnitt eine Grimasse, sagte aber nichts.

Wir waren jetzt oben angekommen, drehten noch eine Runde um die Sportplätze und ließen uns schließlich erhitzt ins Gras fallen.

Bea sah auf die Uhr und stieß einen kleinen Schrei aus: »Fünf Uhr. Großer Gott. Um fünf sollte ich doch im

Schuppen sein.« Sie sprang auf, sagte: »Bye.« Sie sagte es lang gezogen und etwas durch die Nase, wie eine richtige Amerikanerin und rannte davon.

Chris und ich blieben sitzen und sagten eine ganze Weile gar nichts. Es ist schwierig, in einer fremden Sprache Belangloses zu reden. Mir fiel auch rein gar nichts ein.

Chris offenbar auch nicht. Schließlich fing er wieder vom Fotografieren an, und da erzählte ich, dass wir den ganzen Nachmittag in der Waschküche gearbeitet hatten, Bea und ich.

»Washing kitchen?«, fragte Chris erstaunt. Wahrscheinlich gab es das Wort gar nicht im Englischen. Ich erklärte es ihm und tatsächlich heißt es »wash-house«, aber auch dieses Wort höre man kaum mehr. In Amerika stehe die Waschmaschine meist im Badezimmer, in der Küche oder im Heizraum. Ob er unsere Aufnahmen einmal ansehen dürfe... Sie interessierten ihn, sagte er, und meine Idee finde er »fascinating«. Er habe zu Hause schon verschiedene Fotokurse belegt; auch einen über Filmen. Vielleicht werde er einmal Fotograf, wie der Onkel. Who knows, wer weiß, lachte er.

»Komm mit«, sagte ich, »komm, ich zeig dir, was wir gemacht haben. Ich muss ohnehin noch aufräumen in der Waschküche, sorry, im wash-house.«

Chris pfiff anerkennend durch die Zähne, als er die vielen Aufnahmen sah, die inzwischen trocken waren und zusammengerollt an der Leine hingen. Wir nahmen die Bilder ab und zogen sie, um sie zu glätten, ein paar Mal über die Tischkante.

Chris betrachtete jedes einzelne aufmerksam; vor allem die Bilder von Micha.

»Your friend?«, fragte er.

Ich zögerte: »Micha ist Beas Freund«, sagte ich, »aber er ist auch mein Freund. Wir sind drei Freunde.«

»I see«, sagte Chris. Wieder dieses seltsame *I see*, mit dem man wahrscheinlich sagen will, dass man nichts sieht, das heißt, nichts versteht.

»Bea und Micha gehören zusammen. They love each other. Verstehst du. Und ich … Also ich …« Chris nickte. Er hatte verstanden. War ja auch nicht so schwierig. Wir waren Freunde eben, alle drei.

Dann schaute er lange meine ewig gleichen Bilder an, legte die misslungenen, die verwackelten, die unscharfen zur Seite, nickte und sagte: »Very good. Excellent.« Er glaube sicher, dass sich daraus ein Film machen lasse. Es seien aber mindestens 20 Abzüge pro Bild nötig. Bei einem normalen Film seien es sogar 24 Bilder pro Sekunde, wenn er sich nicht täusche.

»Pro Sekunde? Das ist doch unmöglich. Da dauert ein Jahresfilm ja nicht einmal eine Minute!«

»Warum denn nicht? In fünf Jahren ergibt das einen Fünfminutenfilm. In zehn Jahren zehn Minuten. Ein längerer Film ist gar nicht nötig, ohne Handlung. Es geht ja einzig und allein darum, die langsame Veränderung deines Gesichts zu zeigen.«

Da hatte er schon Recht. Aber trotzdem, die ganze große Arbeit für lumpige fünf Minuten.

»Sei nicht traurig. Du hast eine großartige Idee. Gib sie nicht auf.«

Wir sprachen noch lange übers Fotografieren und Filmen. Über die Bedeutung des Lichts vor allem, über Beleuchten und Ausleuchten eines Gesichts. Licht, sagte Chris, vermöge unglaublich viel. Man könne mit spezieller Beleuchtung ein und dasselbe Gesicht schön oder hässlich darstellen, plakativ oder belebt, alt oder jung, lieblich oder hexenhaft verzerrt. Fotografieren müsse nicht einfach Abbilden sein, Fotografieren sei viel mehr; zum Beispiel könne man damit etwas zeigen, was man nicht sehe oder jedenfalls nur wenige sähen oder ahnten.

Mir scheint, Chris interessiert sich für Menschen und Gesichter auf die gleiche Art, wie ich mich dafür interessiere. Mit Neugierde hat das nichts zu tun. Er sagte, ein guter Fotograf müsse, ähnlich wie ein Karikaturist, erst das Besondere eines Gesichts erkennen, das Einmalige, das, was einen Menschen unverwechselbar mache. Erst dann könne er betonen oder verwischen, je nachdem, was er darstellen will.

»Verwischen? Könnte ich zum Beispiel meine Nase verwischen?«

»Deine Nase? Warum, um Himmels willen, möchtest du deine Nase verwischen?«

»Sie gefällt mir nicht. Auch mein langer Hals nicht und…«

Chris sah mich erstaunt an: »Wirklich? Mir gefällst du. Genau so, wie du bist…«

In diesem Augenblick kam Tante Ellen auffallend laut in die Waschküche gepoltert; ein Zeichen dafür, dass sie wahrscheinlich vor der Tür gelauscht hatte. Sie sagte, sie habe gedacht, Bea arbeite mit mir hier unten. Im Übrigen sei es längst Zeit zum Essen. Sie habe schon dreimal gerufen. Ich stellte ihr Chris vor, sagte, er komme aus Amerika, aus Buffalo, und erzählte, ich hätte ihn im Fotogeschäft am Marktplatz kennen gelernt.

»Im Fotogeschäft? Bei Rechsteiners?«, fragte Tante Ellen und es war ihr anzusehen, dass sie fast platzte vor Neugier. Aber sie beherrschte sich und fragte nicht weiter, nur noch, ob der junge Mann mit uns essen wolle.

»Nein, vielen Dank«, sagte Chris in ganz ordentlichem Deutsch; er müsse heim. Man warte sicher auch schon auf ihn. Mir rief er zu: »See you tomorrow, wir sehen uns morgen.« Er lachte übermütig, als er mein Erstaunen über seine plötzlichen Deutschkenntnisse sah.

»Tomorrow bin ich in der Schule«, brummte ich. Aber das hörte er wohl nicht mehr.

Your friend

Am nächsten Tag kam Bea nicht in die Schule. Das fiel nicht weiter auf; Bea ist bekannt dafür, dass sie von Zeit zu Zeit einen Tag »Urlaub« nimmt. Allerdings kündigt sie mir diesen Tag meistens im Voraus an:

»Morgen«, sagt Bea etwa, »morgen bin ich krank. Ich merke es ganz deutlich. Ich muss mich dringend wieder einmal vom Mufti erholen; der nervt mich neuerdings total.«

Sie bleibt dann wirklich den ganzen Tag im Bett; schläft lange, liest und hört Musik und erscheint am folgenden Tag wieder in der Schule, ausgeruht, erholt und gut gelaunt.

Diesmal hatte sie ihren Krankheitstag nicht angekündigt und ich setzte mich allein und enttäuscht in unsere Bank, in die hinterste des Klassenzimmers, in unsere exterritoriale Inselbank mit der ausgezeichneten Sicht über alle und alles.

Ich hätte so gerne mit Bea über Chris gesprochen. Auf dem Weg zur Schule hatte ich hin und her überlegt, was ich ihr erzählen sollte, was es überhaupt zu erzählen gab;

außer dass ich Chris furchtbar nett fand. Aber darüber wollte ich keineswegs reden.

»See you tomorrow«, hat er gesagt. Heißt das nun, wir sehen uns morgen oder heißt es, *vielleicht* sehen wir uns morgen oder morgen sehen wir uns *bestimmt*? Oder heißt es etwas ganz anderes, so etwas Ähnliches wie unser »Bis dann!« oder »Bis morgen!« oder »Also dann tschüss!«? Es konnte alles heißen. Die einzelnen Worte waren klar; was sie jedoch genau ausdrückten, wusste ich nicht.

Aber dann hat er gesagt: »Mir gefällst du.« Das hat er gesagt. Genau so; danach ist Tante Ellen hereingeplatzt.

Natürlich konnte auch »Mir gefällst du« als Trost gemeint sein, wie »Mach dir keine Sorgen, mir gefällst du«, so etwa. Das sagt sich leicht und bedeutet gar nichts.

Der Mufti rief mich auf oder fragte etwas, wovon ich keine Ahnung, keinen Hochschein hatte. Ich schüttelte nur erschrocken den Kopf und er sagte in seiner sarkastischen Art: »O Verzeihung, ich wollte nicht stören.«

Die andern lachten und ich machte mich ganz klein und duckte mich hinter Roberts Rücken. Mathe war so ziemlich das Letzte, wonach mir jetzt zu Mute war.

Bea kennt keine solchen Sprachskrupel und macht sich auch das Leben nicht schwer mit dieser Art von Spitzfindigkeiten. Wenn jemand zu ihr sagte: »Du gefällst mir«, würde sie lachen und geschmeichelt danke sagen; vielleicht sogar: »Du gefällst mir auch.« Während ich … Ach es ist schrecklich mit mir.

Und dabei gefällt mir Chris. Mir gefällt seine ernsthafte Art, über etwas zu sprechen. Mir gefällt aber auch, wie er aussieht. Gut sieht er aus. Ein wenig wie Micha; die Augen vor allem.

Es könnte natürlich auch sein, dass er mir gefällt, weil er an die Metamorphose glaubt. Weil es in seinen Augen kein Flop zu werden braucht, sich jede Woche zu fotografieren. Weil er an eine Entwicklung glaubt, an eine Veränderung, an die Möglichkeit, die langsame Entstehung eines erwachsenen Gesichts festzuhalten.

In fünf Jahren, hat er gesagt, ergebe das einen Film von etwa fünf Minuten. »Why not?« Fünf Minuten seien sehr lang und man könne viel ausdrücken in dieser Zeitspanne. Vor allem aber, hat er gesagt, sei das Experiment nicht zu verschieben, weil man es nicht wiederholen kann. »Du hast gar keine Wahl. Wenn du es versuchen willst, musst du es jetzt machen. Es gibt keine Hauptprobe. Es ist gleich das Theater.«

Ich habe das erst gar nicht verstanden. Was haben meine Fotografien mit Theater zu tun? Was wollte er damit ausdrücken?

Dass ich nie mehr fünfzehn Jahre alt sein werde? Meinte er das?

Dass ich nie mehr von vorn beginnen kann, selbst wenn ich es wollte.

Ich werde Chris fragen, ob er es so gemeint hat.

Ein schönes Bild übrigens, Hauptprobe und Premiere. Auch ein erschreckendes. Nie mehr fünfzehn Jahre alt! Obwohl ich oft denke, fünfzehn sei ein schrecklicher Zustand und kein Alter.

Chris' Interesse für Gesichter ist etwas ganz Neues und Wunderbares für mich. Es kommt mir vor, als hätte ich für ein Spiel, das ich immer allein gespielt habe, plötzlich einen Partner, einen Gefährten gefunden.

Wenn ich könnte, würde ich ihn jetzt herzaubern, neben mich, auf Beas Platz. Ich würde ihm Andrea zeigen, unsere Tänzerin, und ich würde ihn fragen, woran es liege, dass man unwillkürlich »kraftvoll« denkt, wenn man Andrea ansieht, ihre hohe Stirn mit den streng zu einer Tänzerinnenfrisur gekämmten Haaren, ihre Stupsnase und die aufgeworfenen Lippen. Dann könnte er auch sehen, wie schön ihre Bewegungen sind, wenn sie nach vorn gerufen wird. Sie steht auf und geht mit großen, kräftigen Schritten; ganz anders als der Rest von uns in unserem verklemmten Armesündergang.

In dieser Klasse wimmelt es geradezu von interessanten Typen. Pier Luca zum Beispiel. Er hat sich total verändert in der letzten Zeit. Aus seinem kindlichen Teiggesicht haben sich fast klassische Züge entwickelt, eine schmale Nase, buschige Brauen über tief liegenden Augen und ein kräftiges, vorspringendes Kinn. Schade, dass ich ihn nie fotografiert habe; er hätte ein wunderbares Beispiel und auch ein Beweis sein können für die Metamorphose.

Es ist wahr und Chris hat Recht; es gibt kein Zurück; das Experiment muss jetzt gemacht werden, auch Pier Lucas Teiggesicht ist unwiederbringlich dahin.

Natürlich müsste ich Chris auch mit Ginger bekannt machen, obwohl das Risiko, das ich damit einginge, groß ist. Jeder verliebt sich nämlich auf der Stelle in sie, in ihre umwerfende Schönheit. Wobei ja Bea auch schön ist, aber auf eine ganz andere Art. Bea ist lässig und sportlich und sieht total gut aus. Gingers Aussehen hingegen verschlägt einem den Atem. Ihre Haut vor allem; sie ist ganz unmodisch milchweiß und fast durchscheinend, dazu die fahlblonden, rötlichen Haare! Im Profil gleicht Ginger dem weißen Frauenkopf auf Großmutters Brosche, auf der Kamee, die mir immer so gut gefallen hat und die dann Sarah zugefallen ist.

Lange Zeit, monatelang, habe ich Ginger bewundert und sie glühend um ihre Schönheit beneidet. Ich stellte es mir als absolutes Glück vor, so schön, so makellos zu sein und nichts an mir auszusetzen zu haben.

Doch dann war ich auf einmal nicht mehr so sicher. Ginger kann gar nicht wissen, wie es ist, hässlich zu sein oder auch nur durchschnittlich auszusehen. Sie ist es gewohnt, dass alle Welt behutsam mit ihr umgeht, dass man leiser mit ihr spricht, dass man sie besser als alle andern behandelt. Sogar der Mufti verschont sie mit seinen üblichen ätzenden und boshaften Bemerkungen. Das alles muss völlig selbstverständlich für sie erscheinen; so, wie es für mich selbstverständlich ist, satt zu sein oder gesund zu sein.

Es lockte mich schon lange, Ginger zu fotografieren; nicht erst jetzt, da ich mit Chris über Gesichter und ihre Besonderheiten gesprochen habe. Wahrscheinlich würde sie es sogar erlauben, da Bewunderung so sehr zu ihrem täglichen Leben gehört. Ob das Fotografieren allerdings viel hergeben würde, ist gar nicht sicher. Gingers Züge sind zwar wunderschön modelliert und ganz regelmäßig; aber mir scheint, sie verbergen keine Geheimnisse, kein Glück und auch keinen Schmerz. Aber ich möchte ihr nicht unrecht tun, nur weil sie schöner ist.

Es müsste möglich sein, aus dieser Schönheit ein Talent zu machen, ein Mittel für einen guten Zweck. Wenn alle Welt doch so sehr auf Ginger eingeht, ihr gerne hilft und ihr zu Willen ist, könnte sie ihre Schönheit in den Dienst einer großen Sache stellen; in den Kampf gegen Drogen zum Beispiel. Sie müsste durch die Stadt ziehen, um die jungen Leute vor den Gefahren zu warnen. Sie müsste reden mit ihnen, ihnen Mut machen, Nein zu sagen. Ihr Gesicht würde von allen Plakatwänden lächeln:

»No drugs, kids, keine Drogen.« Vielleicht, wer weiß, könnte man diesen schönen, reinen Zügen nicht widerstehen und man würde ihr folgen, wie man dem Rattenfänger von Hameln gefolgt ist…

Gott sei Dank läutete es jetzt, sonst hätte ich in der missionarischen Phase, in der ich mich offenbar befand, auch noch Eric und Ruth und vor allem Isa weitere gute Ratschläge verpasst in meiner neu gewonnenen Weisheit.

Aber die Stunde war zu Ende. Der Mufti schrieb noch schnell ein paar Matheaufgaben an die Tafel. Der übliche Lärm brach los und ich ging zu Micha, um nach Bea zu fragen. Er wusste auch nichts; außer dass es gestern Abend sehr spät geworden war. Er werde zu ihr gehen, so gegen sieben Uhr. Ob ich auch komme?

Irgendwie wurstelte ich mich weiter durch diesen Tag. Ich hielt immer wieder Zwiesprache mit Chris, als ob er neben mir säße, driftete zwischendurch ab oder blieb irgendwo hängen, dachte an »See you tomorrow« und freute mich darauf.

Am Abend trödelte ich noch lange herum. Als ich schließlich doch mein Rad hervorholte, um zu Bea zu fahren, kam Chris vorbei, um mich zu einem Spaziergang abzuholen. Er ließ sich überreden mitzugehen, das heißt mitzufahren, auf Vaters altem schwarzen Fahrrad.

Kurze Zeit später fuhren wir schweigend nebeneinanderher in den schönen, milden Abend hinein. Ich hätte ewig so weiterfahren mögen. Immer weiter, nebeneinander, ohne ein Wort.

Als wir ankamen, saß Micha schon neben Beas Bett auf dem Boden und las ihr etwas vor. Wir setzten uns zu ihnen, so selbstverständlich, als ob Chris schon immer dazugehört hätte.

Micha bringt oft etwas zum Vorlesen mit. Meistens sind es Artikel, über die er sich besonders ärgert oder aufregt. »Habt ihr das gelesen? Sechzig Kilometer Stau am Wochenende. Sechzig Kilometer! Nicht gelesen? Warum nicht?« Er empörte sich über uns, weil wir keine Zeitungen lesen oder sie nicht gründlich genug lesen, und er empörte sich über die Menschheit, weil sie die Welt zu Grunde richte. In ein paar Jahren, meinte er und schlug auf die Zeitung, in ein paar Jahren werde durch ganz Europa eine einzige stinkende, Gift speiende Kolonne stehen, vom Nordkap bis Sizilien.

»Vielleicht ist das die Lösung, vielleicht werden die Menschen erst dann gescheiter«, sagte Bea.

»Ach was, gescheiter«, rief Micha wütend, »niemand wird gescheiter, niemand lernt etwas. Man baut einfach neue Autobahnen, bohrt neue Tunnels durch die Alpen und wundert sich, dass der Verkehr wächst. Es wird ewig so weitergehen; bis es einmal nicht mehr weitergeht.«

Wir sprachen noch lange darüber; was man tun könnte und was man tun müsste. Wir waren uns aber einig, dass nur eine völlig Umkehr, eigentlich ein Umdenken helfen würde, und daran glaubten auch wir nicht.

Ich weiß nicht, wie viel Chris von der ganzen Diskussion verstanden hat. Ziemlich viel, denke ich. Geredet hat er allerdings wenig. Später sprachen wir über anderes. Wir hüpften von Thema zu Thema, vom Hundersten zum Tausendsten, wie es unsere Art ist, um uns in dieser verrückten Welt wenigstens einigermaßen zurechtzufinden.

Dabei streiften wir auch meine Fotografiererei, aber ganz anders als sonst, viel leichter und zufälliger, als ob das Thema keinerlei Anlass zu Diskussionen gäbe. Und seltsamerweise wurde Bea nicht ungeduldig und auch Micha tauchte nicht gelangweilt weg, als Chris sagte, es sei eine faszinierende Idee; und neue Ideen, das wisse man ja, schienen zuerst immer undurchführbar und auch verrückt. Beide nickten dazu und fanden auch, das Experiment müsse unbedingt weitergehen. So selbstverständlich waren sie dieser Meinung, als hätten sie nie auch nur einen Moment daran gezweifelt. Ich selber sagte kein Wort, hörte nur zu und traute meinen Ohren nicht.

Es war der erste und auch der letzte gemeinsame Abend mit Bea und Micha. In der kurzen noch verbleibenden Zeit bis zu Chris' Rückkehr nach Buffalo ergab sich keine weitere Möglichkeit des Zusammenseins mehr.

Wir zwei aber, Chris und ich, wir verbrachten jede freie Minute miteinander.

Nachträglich kommt es mir vor, als hätte ich die drei Tage wie losgelöst von meinem gewöhnlichen Leben verbracht. Als hätte ich eine alte, zu klein gewordene Haut abgestreift und lebte jetzt in einer neuen, in der ich mich herrlich wohl fühlte.

Am Dienstag schwänzte ich das Turnen, eine Randstunde, um mit Chris durch die Stadt zu wandern. Ich zeigte ihm Kirchen und Plätze, die besonders schön sind. Später setzten wir uns auf die Seemauer, aßen Brot und Schokolade und redeten und redeten von unserer Art zu leben; von Eltern und Freunden, von Schule und Freizeit, von Amerika und Europa, immer in diesem seltsamen Sprachengemisch, an das wir uns schon gewöhnt hatten.

Am Mittwoch schwänzte ich die Chorprobe. Ich schwänzte sie mit schlechtestem Gewissen; einmal, weil ich gerne singe, dann aber vor allem, weil der gute alte Eckert uns beschworen hatte, unbedingt vollzählig zu erscheinen. Am Sonntag war ja bereits das Konzert; und seiner Meinung nach war eine Katastrophe unausweichlich, klappte doch vorläufig überhaupt nichts, kein einziger Einsatz.

Aber ich konnte ihm nicht helfen, so Leid es mir tat. Von mir allein würde das Gelingen des Konzerts ja auch nicht abhängen. Chris war jetzt wichtiger als alle Konzerte der Welt.

»Dich hat es schön erwischt«, sagte Bea, »schwänzt das Turnen, schwänzt das Singen. Wo ist denn das gute Kind geblieben?«

»Es hat von Bea der Großen gelernt.«

»Brav, brav. Lerne du nur von der lieben alten Bea. Das kann dir nur gut tun.«

»Und?«, fragte sie nach einer Pause, »ist es der Märchenprinz? Chris meine ich?«

»Wie soll ich das wissen? Wir kennen einander ja erst seit vier Tagen.«

»Um das zu wissen, genügt manchmal schon eine einzige Minute.«

»Sieh mal an, Bea die Erfahrene. Du redest, als hättest du bereits ein langes Liebesleben hinter dir.«

»Stephanie, Liebling«, sagte Bea in Tante Ellens schulmeisterlichem Tonfall, »ich weiß, was ich weiß.«

Statt in die Chorprobe gingen wir ins Kino, in einen oberdoofen Film. Weiß der Himmel, wer ihn mir empfohlen hatte. Chris verstand kein Wort, weil französisch gesprochen wurde. Ich verstand nichts, weil Chris bei jedem Lacher fragte: »What's so funny about it?« Was so lustig sei?

So schnell konnte ich jedoch nicht übersetzen; und der Sprachenwirrwarr brachte mich völlig durcheinander. So lachten wir einfach der Spur nach mit und hatten am Ende ganz verschiedene Ansichten über den Inhalt des Films.

Nach dem Kino wollte Chris Geschenke kaufen und ich sollte ihn dabei beraten. Vor allem für die kleine Schwester war ihm noch nichts eingefallen. Die kleine Schwester heißt Nancy und ist etwa so alt wie ich.

Wir schlenderten durch Geschäfte und Warenhäuser, sahen uns die seltsamen Dinge an, die typisch sein sollen für unser Land: geschnitzte Kühe und Schafe, bestickte Hosenträger und Mützchen, Kuhglocken und Briefbeschwerer aus Glas, in denen es schneit, wenn man sie umkehrt. Wir drehten alle vorrätigen Briefbeschwerer um und lösten damit ein großes sommerliches Schneegestöber aus. Dann gingen wir weiter zu den Uhren und zu den Taschenmessern, zur Schokoladenabteilung und kehrten wieder zurück zum Souvenirstand, um für Nancy eine Spieldose zu kaufen. Wir entschlossen uns zu einer winzigen bemalten Drehorgel, die ein Kinderlied spielt.

Für den Vater kaufte Chris ein Taschenmesser; während ihm für die Mutter etwas besonders Hübsches eingefallen war. Er hatte für sie die alte Heimat fotografiert, das Städtchen mit dem Schloss und dem See. Und dann hatte er mit ein paar alten Aufnahmen vom Onkel und mit den neuen Bildern ein schönes Erinnerungsheft zusammengestellt. Das würde sie freuen, würde vielleicht sogar Tränen auslösen, meinte Chris, Tränen der Sehnsucht; wer weiß.

Auch für mich habe er ein Geschenk, sagte Chris verlegen und zog etwas hervor, das wie ein Notizblock aussah oder wie ein Abreißkalender. Es waren Passfotos von Chris, eine ganze Menge gleicher Bilder seines Gesichts, von vorne fotografiert, genau so, wie ich mich jede Woche aufnehme. Die Bilder waren auf einer Seite wie ein Buch zusammengeheftet.

»O Chris, wie schön, Bilder von dir.«

Er lachte: »Es ist ein Film, Steffy, ein Daumenkino. Kennst du das nicht? Du musst die Bilder wie einen Film ansehen.«

Er hielt den Block zwischen Daumen und Zeigefinger auf der freien, ungehefteten Seite und ließ die Aufnahmen langsam ablaufen. Da begann sich das Gesicht zu beleben; die Augen wurden schmal und lächelten; der Mund bewegte sich, öffnete sich, eine Sprechblase entstand und in ihr erschien Buchstabe um Buchstabe, Wort für Wort: »Your friend Chris«.

Immer von neuem ließ ich die Bilder ablaufen; einmal schneller, dann wieder langsamer und immer wieder sah mich Chris zuerst ernst an, begann zu lächeln und schließlich formten sich die Worte: »Your friend Chris«.

Chris gab mir sein Taschentuch, um die Tränen abzuwischen. Bekanntlich bin ich ja furchtbar sentimental und leicht zu rühren.

»Don't be sad. Sei nicht traurig, Steffy«, sagte er, »ein Jahr ist schnell vorbei und nächsten Sommer komme ich wieder.« Onkel und Tante hätten ihn bereits eingeladen.

Ein Jahr; schnell vorbei! Mir kommt es wie eine Ewigkeit vor. Und was kann nicht alles geschehen in einem Jahr. Man kann krank werden oder sogar sterben. In der Parallelklasse war ein Junge bei einem Unfall ums Leben gekommen. Man konnte aus der Schule fliegen; die Zeichen standen schon lange auf Sturm. Wer weiß, wohin es einen danach verschlägt. Auch vergessen war möglich. Alles konnte geschehen in einem Jahr, alles.

Doch das sagte ich damals nicht. Mir saß schon wieder ein dicker Kloß im Hals und hinderte mich am Sprechen. Es musste etwas geschehen mit dieser ewigen, lästigen Heulerei. Wenn Chris abgereist war, konnte ich ja, wie Bea, einen Tag frei nehmen, einen Tränentag, konnte im Bett bleiben und über das Glück weinen, Chris begegnet zu sein, und über das Unglück, ihn gleich wieder verloren zu haben.

Jetzt nickte ich darum nur, würgte den Kloß hinunter und versprach Chris auch ein Geschenk, ein Geschenk, von dem allerdings nichts außer der Idee vorhanden war. Ich wollte für ihn einen Pulswärmer stricken, einen genau gleichen, wie Bea, Micha und ich ihn tragen, aus Garn und Wolle, aus Seidenbändern und Silberfäden, in allen nur möglichen Blautönen. Der Pulswärmer würde ihn an uns erinnern, er würde ihn wärmen während eines ganzen Jahres und ihn vielleicht ebenso trösten, wie mich der kleine Film mit dem Satz tröstete:

Your friend Chris.